D0830093

Truman Capote

Breakfast at Tiffany's
Petit déjeuner
chez Tiffany

*Traduit de l'anglais
et annoté
par Henri Robillot*

Préface de Geneviève Brisac

Gallimard

La première traduction française de *Petit déjeuner chez Tiffany*, réalisée par Germaine Beaumont, a été publiée en 1962 aux Éditions Gallimard.

PRÉFACE

La poésie de la cage vide

Sur la Cinquième Avenue à New York, des petites filles collent leur nez à la vitrine de Tiffany. Elles contemplent les diadèmes de princesse, les parures de saphir, les bagues de fiançailles, les broches en forme de tigre. Elles comprennent sans hésiter le titre du roman de Truman Capote. Un petit déjeuner chez Tiffany est un rêve d'enfant. Des tartines au milieu des diamants. Du chocolat au milieu des émeraudes, des cookies et des perles.

Car Tiffany n'est pas un salon de thé. C'est Cartier, c'est Van Cleef, c'est la place Vendôme, le luxe absolu : « Cette tranquillité, ce cadre. Il ne peut rien vous arriver de mal, là-bas [...] ; et cette merveilleuse odeur d'argenterie et de portefeuilles en alligator ».

Mais pourquoi un petit déjeuner ?

Truman Capote, comme tous ceux qui ont des nuits difficiles, est très fort en petits déjeuners. Ses livres en contiennent presque autant que de sapins de Noël — ceux-ci sont réellement innombrables — et de traits d'humour grinçant. Petits déjeuners royaux, aux senteurs du Sud, avec poulet sauté, cakes aux fruits, céréales, œufs, crêpes et mélasse, jambon, café brûlant et pots de miel. Sans parler, horreur pour nos cœurs européens, des écureuils frits. Le petit déjeuner incarne l'espoir, la fin des cauchemars, et une bonne journée devant soi.

Mais dans ce livre-ci, le petit déjeuner idéal n'a jamais lieu, ni aucun autre d'ailleurs, ce n'est pas le genre d'histoire à petits déjeuners.

Ainsi ce titre si limpide, Breakfast at Tiffany's, est-il un pur trompe-l'œil, et c'est pourquoi il résume si bien l'art de Truman Capote, l'art du vrai-faux. Un ion d'homme d'affaires pour décrire la fantaisie absolue d'un rêve d'enfant.

Tant de délicatesse et de subtilité ne sauraient engendrer autre chose que l'admiration et les malentendus.

Divers malentendus, une trahison et un maître japonais

Les malentendus n'ont sans doute jamais cessé avec Truman Capote. Dès 1950, il fut catalogué auteur jet-set, interviewer à scandales, spécialisé en vacheries à propos de stars, écrivain à paillettes, ou reporter chez les condamnés à mort. Il n'hésitait d'ailleurs pas à encourager les médisances. Toujours excessif, toujours provocant. En vérité, c'était un styliste obsédé de perfection. Un écrivain moderne incroyablement en avance sur son temps. « Un poète armé du courage d'un lion. »

Les malentendus sont presque obligatoires entre un écrivain et la société, ses voisins, ses amis, sa famille, son éditeur, ses lecteurs, les gens de son quartier. La trahison, c'est autre chose. Ce n'est pas absolument obligatoire, même si c'est le plus courant.

La trahison, c'est ce qui est arrivé avec l'adaptation de Petit déjeuner chez Tiffany au cinéma. « Un casting aberrant, de quoi vomir ! » disait Capote.

Si les trahisons sont ce qu'il y a de plus terrible, alors ce film fut une chose terrible.

Et si les trahisons cinématographiques sont le destin moderne de l'écrivain d'aujourd'hui, alors, là encore, Truman Capote fut un précurseur. Il disait en riant qu'Audrey Hepburn n'était absolument pas Holly Gólightly, l'héroïne, et nous en reparlerons. Il disait, cessant de rire, que le pire, c'était Mickey Rooney dans le rôle du photographe japonais, M. Yoniushi. Or ce photographe japonais est un rouage essentiel du roman. Et il est très significatif que personne ne l'ait pris au sérieux.

« Le premier être qui m'ait impressionné fut un Japonais nommé Mariko qui tenait un commerce de fleuriste à La Nouvelle-Orléans, écrit Capote en 1955. C'est à l'âge de six ans que je fis sa connaissance et pendant les dix ans que dura notre amitié il me fit de ses mains des tas de jouets, un poisson volant qui se balançait sur des fils de fer, une maquette de jardin remplie de fleurs naines et d'animaux doux comme de la plume, une danseuse qui agitait son éventail pendant trois minutes. Ces jouets ont été pour moi une expérience esthétique unique, ont façonné mon univers. »

Capote évoque les Histoires *de la conteuse Murasaki et les* Notes de chevet *de Sei Shonagon, les listes de choses bonnes et mauvaises qui auraient tant plu à Holly Golightly. C'est ce monde qu'incarne M. Yoniushi, et que ne saurait incarner Mickey Rooney. Comment pourrait-il apprécier un bouquet de chrysanthèmes aux fleurs grosses comme des têtes de bébé et qui ressemblent à des lions ?*

La poésie de Capote est d'essence japonaise, mystérieusement subtile et précise, modeste en apparence, basée sur le refus horrifié de l'explicite et de l'emphatique. Un brin d'herbe y suffit à suggérer toute la chaleur de l'été. Des yeux baissés expriment le malheur du monde, ou la plus profonde passion. On est à des années-lumière de Blake Edwards et de Mickey Rooney.

Mais, à propos, si elle n'est en rien
Audrey Hepburn, qui est vraiment
Holly Golightly?

Apparemment elle respire la santé — des joues rouges, une grande bouche, un nez retroussé, des cheveux blond blanc et blond jaune, des yeux cachés derrière des lunettes noires.

Le narrateur l'a eue pour voisine, et puis elle a disparu, sans doute en Afrique, puisque le petit Japonais a photographié une statuette qui est tout son portrait. La sculpture a été photographiée le jour de Noël, bien sûr. Chez Capote, Noël n'est jamais loin. Noëls tragiques ou magiques, guirlandes absurdes ou sublimes,

10

qui clignotent. Chez Holly Golightly, par exemple, il y avait un sapin qu'on a gardé plus de trois mois. Ses branches du haut se cognaient au plafond, mais il ne lui restait plus que des aiguilles si sèches qu'on ne saurait en parler sans les faire tomber.

Holly Golightly flotte dans la vie avec une légèreté d'écharpe. Elle a un chat sans nom car elle pense qu'ils ne s'appartiennent pas assez pour qu'elle ait le droit de le nommer. Elle chante des chansons mélancoliques d'une voix rauque, elle joue de la guitare, et se lave les cheveux trois fois par jour. Le jeudi, elle va voir un vieux gangster nommé Sally Tomato dans sa prison. Il est très gentil, il aurait même l'air d'un vieux moine s'il n'avait pas toutes ces dents en or, dit-elle. Elle a une carte de visite où est écrit : voyageuse. Elle serait plutôt croqueuse de diamants, comme on dit dans les comédies américaines. Elle ressemble beaucoup au portrait que Truman Capote a fait de Marilyn Monroe, « cette Ophélie de Marilyn », comme il dit. Elle a les stigmates de la mentalité orpheline, et une anxiété profonde. Elle fait penser à un oiseau-mouche en vol, avec un rire plaisant comme les clochettes d'un traîneau de Noël.

Elle a le même humour. Mais, à cause de la manière de raconter de Truman Capote, on ne sait pas trop qui est l'auteur des blagues, l'artiste ou le modèle. Elle a une manière géniale de dire : « Volons quelque chose. » Et d'offrir une cage à oiseau vide.

Holly Golightly déteste une chose sur terre, les hommes qui mordent. Quant à Marilyn, elle affirme que les chiens, eux, ne la mordent jamais.

Mais Holly Golightly, qui ne fait que passer, sait

qu'elle ne sera jamais une star, c'est trop difficile quand vous êtes intelligent, quand vous avez de la personnalité.

Elle a bien l'intention de devenir riche et célèbre, mais à condition que sa personnalité la suive. Et là, Holly Golightly, avec sa résolution, la clarté de sa vision, c'est Truman. Comme lui, elle vient du Sud, son vrai nom est Lulamae Barnes. Le vrai nom de Capote, c'est Truman Streckfus Persons.

Comme Capote, elle apprivoise des corbeaux qui apprennent à dire son nom. Comme lui, elle sait l'art des promenades le long de Central Park, l'art de décrire les feuilles rouges qui tremblent et de repérer les religieuses qui essaient des masques pour Halloween. Comme lui, elle met en garde ceux qui tentent d'apprivoiser les créatures sauvages, lynx à pattes cassées et faucons à l'aile blessée. Dès qu'ils ont repris des forces, ils repartent. Comme lui, elle pense que la seule chose qui vaille sur terre, c'est la vraie gratitude, qui se moque de la gratitude. Et que l'amitié, ce n'est que cela : de l'intelligence et de l'attention réciproques.

Elle lui ressemble beaucoup.

Elle dit : « Tout me fait mal. Où sont mes lunettes ? »

Cette tension qui se défait dans un éclat de rire, c'est l'essence même de l'art de Capote.

Un grand artiste d'aujourd'hui

Si Petit déjeuner chez Tiffany est un chef-d'œuvre classique, à l'égal d'Un cœur simple de Flaubert ou

12

du Petit ami *de Léautaud, de* L'attrape-cœur *de Salinger, ou de* La ferme africaine *de Karen Blixen qu'il admirait tant, c'est d'abord et surtout l'œuvre d'un écrivain incroyablement audacieux.*

Lire Capote aujourd'hui, c'est être frappé par la modernité étonnante de ses préoccupations, de son esthétique.

*L'humour comme morale, comme politesse du désespoir, c'est son credo, à une époque où dominent Hemingway et Faulkner, qui ne brillent pas par l'*understatement. *«La vraie différence entre les riches et les gens normaux, c'est que les riches vous servent des petits légumes merveilleux, des jeunes primeurs à peine sortis du sol, d'incroyables petits pois miniatures», écrit-il sans craindre d'être lynché (par les riches, les pauvres et les «gens normaux» enfin réconciliés en cet instant).*

D'une manière générale, il adore prendre ce risque-là. Il n'a réellement peur de rien, à l'exception de la bêtise et de la mort.

Il craint aussi de perdre son sens de l'humour.

Il est un écrivain homosexuel sans emphase, et sans dissimulation. Un écrivain sudiste qui exècre le folklore régional. Un scénariste qui ne se fait aucune illusion sur le cinéma. Avant tout le monde, il parle de la vitesse de l'écriture. Avant tout le monde, il parle de la nécessité de sous-écrire — «une notion simple et claire comme un ruisseau» — et de cette manie pontifiante qu'ont les écrivains, même les bons, de surécrire. Il décrit ce lieu de passage entre la fiction et le réel qu'est le roman moderne.

Il habite avant la lettre notre « village global » ivre de dollars, régulièrement endeuillé par la mort plus ou moins violente de ses stars. Il est un précurseur.

Un précurseur qui ne la ramène pas. Quand on lui demande ce qui lui plairait, il répond : «Être invisible. » C'est parce qu'il est soucieux de préserver son art : «Tout tourne autour de la différence entre ce qui est très bien écrit et l'art véritable. Et c'est une nuance subtile mais impitoyable. »

Il pose enfin cette question si contemporaine et si difficile : comment un écrivain peut-il combiner avec succès à l'intérieur d'une œuvre unique tout ce qu'il sait de toutes les formes d'écriture? Mettre en jeu tout son savoir et sa sensibilité pour fabriquer «une petite danseuse avec un éventail» qu'on n'oubliera jamais.

C'est ce travail acharné, cette acuité prodigieuse qui fait la magie de Petit déjeuner chez Tiffany, *cette poésie de la cage vide, qui jamais ne contiendra d'oiseaux, mais les convoque tous, pour toujours.*

Geneviève Brisac

Breakfast at Tiffany's
Petit déjeuner chez Tiffany

For Jack Dunphy

Pour Jack Dunphy

I am always drawn back to places where I have lived, the houses and their neighborhoods. For instance, there is a brownstone in the East Seventies where, during the early years of the war, I had my first New York apartment. It was one room crowded with attic furniture, a sofa and fat chairs upholstered in that itchy, particular red velvet that one associates with hot days on a train. The walls were stucco, and a color rather like tobacco-spit. Everywhere, in the bathroom too, there were prints of Roman ruins freckled brown with age. The single window looked out on a fire escape. Even so, my spirits heightened whenever I felt in my pocket the key to this apartment; with all its gloom, it still was a place of my own, the first, and my books were there, and jars of pencils to sharpen, everything I needed, so I felt, to become the writer I wanted to be.

Je suis toujours ramené vers les lieux où j'ai vécu, les maisons et leur voisinage. Par exemple, il y a dans la 70ᵉ Rue Est une maison en meulière où, pendant les premières années de la guerre, j'ai eu mon premier appartement new-yorkais. Il se composait d'une petite pièce encombrée d'un mobilier de rebut, un canapé et des fauteuils avachis tendus de ce velours râpeux d'un rouge particulier, évocateur de journées étouffantes à bord d'un train. Les murs étaient faits de stuc et d'une couleur voisine du jus de chique. Partout, y compris dans la salle de bains, il y avait des gravures représentant des ruines romaines tavelées par l'âge. L'unique fenêtre donnait sur l'échelle d'incendie. Je ne m'en sentais pas moins réconforté chaque fois que je tâtais au fond de ma poche la clef de cet appartement ; en dépit de sa mélancolie, c'était un endroit à moi, le premier ; j'y avais mes livres, des pots pleins de crayons à tailler, tout ce qu'il me fallait, je le sentais, pour devenir l'écrivain que je rêvais d'être un jour.

It never occurred to me in those days to write about Holly Golightly, and probably it would not now except for a conversation I had with Joe Bell that set the whole memory of her in motion again.

Holly Golightly had been a tenant in the old brownstone; she'd occupied the apartment below mine. As for Joe Bell, he ran a bar around the corner on Lexington Avenue; he still does. Both Holly and I used to go there six, seven times a day, not for a drink, not always, but to make telephone calls: during the war a private telephone was hard to come by. Moreover, Joe Bell was good about taking messages, which in Holly's case was no small favor, for she had a tremendous many.

Of course this was a long time ago, and until last week I hadn't seen Joe Bell in several years. Off and on we'd kept in touch, and occasionally I'd stopped by his bar when passing through the' neighborhood; but actually we'd never been strong friends except in as much as we were both friends of Holly Golightly. Joe Bell hasn't an easy nature, he admits it himself, he says it's because he's a bachelor and has a sour stomach. Anyone who knows him will tell you he's a hard man to talk to.

Jamais l'idée ne me serait venue, à l'époque, d'écrire au sujet de Holly Golightly et sans doute en serait-il encore de même aujourd'hui, n'était une conversation que j'eus avec Joe Bell et qui ranima tous les souvenirs qu'elle m'avait laissés.

Holly Golightly avait été une des locataires de la vieille maison en meulière ; elle occupait l'appartement au-dessous du mien ; quant à Joe Bell, il tenait un bar au coin de Lexington Avenue ; il y est toujours. Holly et moi avions l'habitude de nous y rendre six ou sept fois par jour, non pour boire un verre mais pour y donner des coups de téléphone. Pendant la guerre, posséder un téléphone personnel était presque irréalisable. En outre, Joe Bell n'avait pas son pareil pour prendre les messages ; ce qui, dans le cas de Holly, n'était pas une mince faveur car elle en recevait des flopées.

Certes, cela remonte à une éternité et jusqu'à la semaine dernière, j'étais resté des années sans revoir Joe Bell. De loin en loin, nous reprenions contact et, à l'occasion, je m'arrêtais à son bar quand je passais dans le quartier ; en fait, nous n'avions jamais été de véritables amis, sauf dans la mesure où nous étions l'un et l'autre ceux de Holly Golightly. Joe Bell n'a pas un caractère facile, il le reconnaît lui-même ; il dit que c'est parce qu'il est célibataire et qu'il a l'estomac délicat. Quiconque le connaît vous dira qu'il n'est pas d'un abord commode.

Impossible if you don't share his fixations, of which Holly is one. Some others are : ice hockey, Weimaraner dogs, *Our Gal Sunday* (a soap serial he has listened to for fifteen years), and Gilbert and Sullivan — he claims to be related to one or the other, I can't remember which.

And so when, late last Tuesday afternoon, the telephone rang and I heard "Joe Bell here," I knew it must be about Holly. He didn't say so, just : "Can you rattle right over here ? It's important," and there was a croak of excitement in his froggy voice.

I took a taxi in a downpour of October rain, and on my way I even thought she might be there, that I would see Holly again.

But there was no one on the premises except the proprietor. Joe Bell's is a quiet place compared to most Lexington Avenue bars. It boasts neither neon nor television. Two old mirrors reflect the weather from the streets ; and behind the bar, in a niche surrounded by photographs of ice-hockey stars, there is always a large bowl of fresh flowers that Joe Bell himself arranges with matronly care. That is what he was doing when I came in.

Et qu'il est même impossible, pour qui ne partage pas ses obsessions dont Holly fait partie. D'autres sont : le hockey sur glace, les braques de Weimar, «Our Gal Sunday[1]» (une émission qu'il a écoutée durant quinze ans) et Gilbert et Sullivan — il prétend être parent de l'un des deux mais je ne me souviens pas duquel.

Donc, lorsqu'en fin de journée mardi dernier le téléphone sonna et que j'entendis «Ici, Joe Bell», je sus qu'il s'agissait de Holly. Il ne me le dit pas mais se contenta d'un simple : «Vous pourriez pas rappliquer en vitesse? C'est important», et il y avait une inflexion croissante d'excitation dans sa voix rauque.

Je pris un taxi sous une pluie diluvienne d'octobre et, pendant le trajet, je songeai que Holly serait peut-être là et que j'allais la revoir.

Mais il n'y avait personne dans l'établissement sinon son propriétaire. Le bar de Joe Bell est un endroit tranquille comparé à la plupart de ceux de Lexington Avenue. Il ne se pique ni de néon ni de télévision. Deux vieux miroirs reflètent le temps qu'il fait dans la rue et, derrière le bar, dans une niche entourée de photos de vedettes de hockey sur glace, il y a toujours un grand vase de fleurs fraîches que Joe Bell en personne arrange avec une sollicitude maternelle. Il était précisément en train de le faire à mon entrée.

1. «Notre fille du dimanche».

"Naturally," he said, rooting a gladiola deep into the bowl, "naturally I wouldn't have got you over here if it wasn't I wanted your opinion. It's peculiar. A very peculiar thing has happened."

"You heard from Holly?"

He fingered a leaf, as though uncertain of how to answer. A small man with a fine head of coarse white hair, he has a bony, sloping face better suited to someone far taller; his complexion seems permanently sunburned: now it grew even redder. "I can't say exactly heard from her. I mean, I don't know. That's why I want your opinion. Let me build you a drink. Something new. They call it a White Angel," he said, mixing one-half vodka, one-half gin, no vermouth. While I drank the result, Joe Bell stood sucking on a Tums and turning over in his mind what he had to tell me. Then: "You recall a certain Mr. I. Y. Yunioshi? A gentleman from Japan."

"From California," I said, recalling Mr. Yunioshi perfectly. He's a photographer on one of the picture magazines, and when I knew him he lived in the studio apartment on the top floor of the brownstone.

"Don't go mixing me up. All I'm asking, you know who I mean? Okay. So last night who comes waltzing in here but this selfsame Mr. I. Y. Yunioshi.

«Naturellement, dit-il en enfonçant un glaïeul dans le vase, naturellement je ne vous aurais pas fait venir si je n'avais pas voulu avoir votre avis. C'est spécial. Il est arrivé une chose très spéciale.

— Vous avez des nouvelles de Holly?»

Il tripota une feuille comme s'il ne savait trop quoi répondre. Petit, avec une belle toison blanche et drue, il avait un visage osseux et allongé qui aurait bien mieux convenu à quelqu'un de beaucoup plus grand; le teint toujours hâlé, il me parut plus coloré que d'habitude. «Je ne peux pas dire que j'ai eu vraiment de ses nouvelles. Enfin, je ne sais pas trop. C'est pour ça que je voudrais votre avis. Je vais vous préparer un verre, un truc nouveau. Ils appellent ça un ange-blanc», dit-il, tout en mélangeant moitié vodka, moitié gin, sans vermouth. Pendant que je buvais cette mixture, Joe Bell suçait une pastille digestive, tout en ruminant ce qu'il allait me dire. «Vous vous souvenez d'un certain M. I. Y. Yunioshi? demanda-t-il enfin. Un type venu du Japon.

— De Californie», rectifiai-je, me souvenant parfaitement de M. Yunioshi. C'est un photographe attaché à un magazine illustré et quand je l'ai connu, il vivait dans un atelier, au dernier étage de notre immeuble.

«M'embrouillez pas. Je vous demande seulement si vous voyez de qui je parle. Bon. Donc, hier soir, qu'est-ce qui s'amène peinard ici sinon ce M. I. Y. Yunioshi en personne?

I haven't seen him, I guess it's over two years. And where do you think he's been those two years?"

"Africa."

Joe Bell stopped crunching on his Tums, his eyes narrowed. "So how did you know?"

"Read it in Winchell." Which I had, as a matter of fact.

He rang open his cash register, and produced a manila envelope. "Well, see did you read this in Winchell."

In the envelope were three photographs, more or less the same, though taken from different angles : a tall delicate Negro man wearing a calico skirt and with a shy, yet vain smile, displaying in his hands an odd wood sculpture, an elongated carving of a head, a girl's, her hair sleek and short as a young man's, her smooth wood eyes too large and tilted in the tapering face, her mouth wide, overdrawn, not unlike clown-lips. On a glance it resembled most primitive carving; and then it didn't, for here was the spit-image of Holly Golightly, at least as much of a likeness as a dark still thing could be.

"Now what do you make of that?" said Joe Bell, satisfied with my puzzlement.

"It looks like her."

Je ne l'avais pas vu, disons depuis deux ans. Et où croyez-vous qu'il les a passés, ces deux ans ?

— En Afrique. »

Joe Bell s'arrêta de suçoter sa pastille et plissa les yeux : « Et comment vous le savez ?

— Je l'ai lu dans l'article de Winchell[1] », ce qui était la pure vérité.

Joe fit sonner son tiroir-caisse et en sortit une enveloppe en papier bulle. « Et ça, dit-il, vous l'avez aussi lu dans le Winchell ? »

Dans l'enveloppe, il y avait trois photos plus ou moins semblables mais prises sous des angles différents : celles d'un grand nègre délicat, portant un pagne en calicot, avec un sourire à la fois timide et condescendant, tenant dans les mains une étrange sculpture en bois, une tête de femme oblongue aux cheveux courts et lisses comme ceux d'un garçon, avec des yeux de bois trop grands et obliques dans un visage effilé, une bouche large aux lèvres proéminentes, un peu comme celles d'un clown. Au premier coup d'œil, on aurait dit une banale sculpture primitive mais, en réalité, c'était l'effigie crachée de Holly Golightly, du moins pour autant qu'un masque noir et figé pût lui ressembler.

« Alors, qu'est-ce que vous dites de ça ? demanda Joe Bell, satisfait de ma stupeur.

— Ça lui ressemble.

1. Célèbre éditorialiste politique (1897-1972).

"Listen, boy," and he slapped his hand on the bar, "it *is* her. Sure as I'm a man fit to wear britches. The little Jap knew it was her the minute he saw her."

"He saw her? In Africa?"

"Well. Just the statue there. But it comes to the same thing. Read the facts for yourself," he said, turning over one of the photographs. On the reverse was written: Wood Carving, S Tribe, Tococul, East Anglia, Christmas Day, 1956.

He said, "Here's what the Jap says," and the story was this: On Christmas day Mr. Yunioshi had passed with his camera through Tococul, a village in the tangles of nowhere and of no interest, merely a congregation of mud huts with monkeys in the yards and buzzards on the roofs. He'd decided to move on when he saw suddenly a Negro squatting in a doorway carving monkeys on a walking stick. Mr. Yunioshi was impressed and asked to see more of his work. Whereupon he was shown the carving of the girl's head: and felt, so he told Joe Bell, as if he were falling in a dream. But when he offered to buy it the Negro cupped his private parts in his hand (apparently a tender gesture, comparable to tapping one's heart) and said no. A pound of salt and ten dollars, a wristwatch and two pounds of salt and twenty dollars, nothing swayed him.

— Écoutez, mon vieux (il frappa le bar du plat de la main). C'est elle. J'en donnerais ma tête à couper. Le petit Jap l'a reconnue à la seconde où il l'a vue.

— Il l'a vue ? Où, en Afrique ?

— Enfin, la statue, simplement, mais ça revient au même. Lisez seulement », dit-il en retournant une des photos. Au dos était écrit : *Sculpture sur bois. Tribus Tococul, Afrique-Orientale anglaise. Noël 1956.*

Il reprit : « Voilà ce que raconte le Jap... » L'histoire était celle-ci : le jour de Noël, M. Yunioshi, avec son appareil photo, avait traversé Tococul, un village perdu dans la brousse et sans intérêt, un simple ramassis de cases de terre avec des singes dans les cours et les busards sur les toits. Il allait repartir quand il a vu soudain un Noir accroupi devant une case et en train de sculpter des singes sur un bâton. M. Yunioshi, impressionné, a demandé à voir d'autres œuvres de lui. Sur quoi, on lui a montré la sculpture de cette tête de femme. Et d'après ce qu'il a dit à Joe Bell, il a eu l'impression de plonger dans un rêve. Mais quand il a proposé de l'acheter, le Noir a pris ses parties intimes au creux de ses mains (apparemment un geste de tendresse comme s'il s'était frappé le cœur) et il a refusé. Une livre de sel et dix dollars, une montre-bracelet, deux livres de sel et vingt dollars, rien ne l'a fait changer d'avis.

Mr. Yunioshi was in all events determined to learn how the carving came to be made. It cost him his salt and his watch, and the incident was conveyed in African and pig-English and finger-talk. But it would seem that in the spring of that year a party of three white persons had appeared out of the brush riding horseback. A young woman and two men. The men, both red-eyed with fever, were forced for several weeks to stay shut and shivering in an isolated hut, while the young woman, having presently taken a fancy to the woodcarver, shared the woodcarver's mat.

"I don't credit that part," Joe Bell said squeamishly. "I know she had her ways, but I don't think she'd be up to anything as much as that."

"And then?"

"Then nothing," he shrugged. "By and by she went like she came, rode away on a horse."

"Alone, or with the two men?"

Joe Bell blinked. "With the two men, I guess. Now the Jap, he asked about her up and down the country. But nobody else had ever seen her." Then it was as if he could feel my own sense of letdown transmitting itself to him, and he wanted no part of it. "One thing you got to admit, it's the only *definite* news in I don't know how many" — he counted on his fingers : there weren't enough — "years. All I hope, I hope she's rich. She must be rich. You got to be rich to go mucking around in Africa."

En tout cas, M. Yunioshi était bien décidé à savoir comment avait été réalisée cette sculpture. Ça lui a coûté son sel et sa montre et l'histoire lui a été racontée en africain, en petit nègre et par gestes. Apparemment, au printemps de cette année-là, trois Blancs avaient surgi de la brousse à cheval. Une jeune femme et deux hommes. Les hommes, les yeux rougis de fièvre, ont été forcés de rester enfermés, frissonnants, durant plusieurs semaines, pendant que la jeune femme, s'étant amourachée du sculpteur, partageait sa natte.

« Ce détail-là, je n'y crois pas trop, dit Joe Bell, l'air choqué. Je sais qu'elle n'en faisait qu'à sa tête mais, à mon avis, elle n'a pas pu aller jusque-là.

— Et après ?

— Après, rien (il haussa les épaules). Pour finir, elle est repartie comme elle était venue, à cheval.

— Seule ou avec les deux hommes ? »

Joe Bell cligna des yeux : « Avec les deux hommes, je suppose. Quant au Jap, il a tâché de se renseigner sur elle à travers tout le pays. Mais personne d'autre ne l'avait jamais vue. » Il sembla alors que mon découragement le gagnait à son corps défendant. « Il y a une chose que vous devez bien admettre, c'est que ce sont les seules nouvelles précises depuis je ne sais combien… (il se mit à compter sur ses doigts, il n'y en avait pas assez)… d'années. Tout ce que j'espère, c'est qu'elle est riche. Il faut être riche pour aller se baguenauder en Afrique.

"She's probably never set foot in Africa," I said, believing it; yet I could see her there, it was somewhere she would have gone. And the carved head : I looked at the photographs again.

"You know so much, where is she?"

"Dead. Or in a crazy house. Or married. I think she's married and quieted down and maybe right in this very city."

He considered a moment. "No," he said, and shook his head. "I'll tell you why. If she was in this city I'd have seen her. You take a man that likes to walk, a man like me, a man's been walking in the streets going on ten or twelve years, and all those years he's got his eye out for one person, and nobody's ever her, don't it stand to reason she's not there? I see pieces of her all the time, a flat little bottom, any skinny girl that walks fast and straight —" He paused, as though too aware of how intently I was looking at him. "You think I'm round the bend?"

"It's just that I didn't know you'd been in love with her. Not like that."

I was sorry I'd said it; it disconcerted him. He scooped up the photographs and put them back in their envelope. I looked at my watch. I hadn't any place to go, but I thought it was better to leave.

"Hold on," he said, gripping my wrist. "Sure I loved her.

— Elle n'a sans doute jamais mis les pieds en Afrique », dis-je avec conviction ; pourtant, je pouvais l'imaginer là-bas, c'était le genre d'aventure propre à la tenter. Et puis, cette tête sculptée : à nouveau, je regardai les photographies.

« Vous qui en savez si long, où est-elle ?

— Morte, ou dans un asile de fous. Ou mariée. Pour moi, elle s'est mariée et calmée, et peut-être qu'elle vit ici même, dans cette ville. »

Il réfléchit un instant : « Non, dit-il, et il secoua la tête. Je vais vous dire pourquoi. Si elle était ici, je l'aurais vue. Prenez un type qui aime marcher, un type dans mon genre, un type qui a marché dans les rues pendant dix, douze ans et qui, tout ce temps-là, a cherché la même personne et ne l'a jamais rencontrée, ça tombe sous le sens qu'elle n'est pas là, non ? Tout le temps, je vois des détails d'elle, un petit derrière plat, toutes les filles maigrichonnes qui vont à petits pas rapides... » Il s'arrêta comme s'il était désorienté par l'intensité de mon regard. « Vous pensez que je déraille ?

— Simplement, je ne me doutais pas que vous étiez amoureux d'elle. Du moins, pas comme ça. »

Je regrettai ma réflexion, qui l'avait déconcerté. Il ramassa les photographies et les remit dans leur enveloppe. Je consultai ma montre. Je n'avais aucun rendez-vous précis mais il me sembla qu'il valait mieux que je parte.

« Attendez, dit-il en me saisissant le poignet. Bien sûr que je l'aimais.

But it wasn't that I wanted to touch her." And he added, without smiling : "Not that I don't think about that side of things. Even at my age, and I'll be sixty-seven January ten. It's a peculiar fact — but, the older I grow, that side of things seems to be on my mind more and more. I don't remember thinking about it so much even when I was a youngster and it's every other minute. Maybe the older you grow and the less easy it is to put thought into action, maybe that's why it gets all locked up in your head and becomes a burden. Whenever I read in the paper about an old man disgracing himself, I know it's because of this burden. But" — he poured himself a jigger of whiskey and swallowed it neat — "I'll never disgrace myself. And I swear, it never crossed my mind about Holly. You can love somebody without it being like that. You keep them a stranger, a stranger who's a friend."

Two men came into the bar, and it seemed the moment to leave. Joe Bell followed me to the door. He caught my wrist again. "Do you believe it?"

"That you didn't want to touch her?"

"I mean about Africa."

At that moment I couldn't seem to remember the story, only the image of her riding away on a horse. "Anyway, she's gone."

Mais ce n'est pas que j'avais envie de la toucher. »
Et il ajouta, sans sourire : « Non pas que la chose
ne m'intéresse pas. Même à mon âge, et j'aurai
soixante-sept ans le 10 janvier. C'est curieux mais
plus je vieillis, plus j'y pense, à la chose. Je ne me
souviens pas d'y avoir autant pensé quand j'étais
un jeunot et maintenant, ça n'arrête pas. Peut-
être que plus on vieillit et moins c'est facile de
passer à l'action ; c'est peut-être pour ça qu'on
renferme tout ça dans sa tête et que ça devient
un vrai boulet à traîner. Chaque fois que je
lis dans le journal l'histoire d'un vieux qui a
déraillé, je me dis que c'est à cause de ça. Mais
moi (il se servit un whisky qu'il avala d'un trait),
jamais je ne déraillerai. Je le jure, jamais ça ne
m'est venu à l'idée à propos de Holly. On peut
bien aimer quelqu'un sans être comme ça. Et le
respecter comme un étranger qui serait un ami. »

Deux hommes entrèrent dans le bar et il me
sembla que le moment était venu de partir. Joe
Bell m'accompagna jusqu'à la porte. À nouveau,
il me prit le poignet : « Vous croyez ce que je vous
dis, hein ?

— Que vous n'avez pas eu envie de la toucher ?

— Pour l'Afrique, je veux dire. »

Je crois qu'à cet instant j'avais oublié son histoire et que j'avais seulement retenu l'image de
Holly s'éloignant à cheval. « De toute façon, elle
est partie.

"Yeah," he said, opening the door. "Just gone."

Outside, the rain had stopped, there was only a mist of it in the air, so I turned the corner and walked along the street where the brownstone stands. It is a street with trees that in the summer make cool patterns on the pavement; but now the leaves were yellowed and mostly down, and the rain had made them slippery, they skidded underfoot. The brownstone is midway in the block, next to a church where a blue tower-clock tolls the hours. It has been sleeked up since my day; a smart black door has replaced the old frosted glass, and gray elegant shutters frame the windows. No one I remember still lives there except Madame Sapphia Spanella, a husky coloratura who every afternoon went roller-skating in Central Park. I know she's still there because I went up the steps and looked at the mailboxes. It was one of these mailboxes that had first made me aware of Holly Golightly.

I'd been living in the house about a week when I noticed that the mailbox belonging to Apt. 2 had a name-slot fitted with a curious card. Printed, rather Cartier-formal, it read : *Miss Holiday Golightly*; and, underneath, in the corner, *Traveling*.

— Ben oui, dit-il en ouvrant la porte. Elle est partie, voilà. »

Dehors, la pluie s'était arrêtée ; il n'en restait qu'un voile de vapeur dans l'air. Je franchis le coin de la rue et marchai jusqu'à l'immeuble en meulière. C'est une rue avec des arbres qui, l'été, dessinent des ombres fraîches sur le trottoir mais, en cette saison, les feuilles avaient jauni et la plupart étaient tombées ; la pluie les avait rendues glissantes sous les pieds. L'immeuble de meulière est situé au milieu du bloc, près d'une église où, dans le clocher, une horloge bleue sonne les heures. Elle a été rénovée depuis mon départ ; une élégante porte noire a remplacé le vieux panneau de verre dépoli et les fenêtres sont encadrées de jolis volets gris. Je ne connais plus aucun des habitants sauf Mme Sapphia Spanella, une coloratura à la voix rauque qui, chaque après-midi, allait faire du patin à roulettes dans Central Park. Je sais qu'elle est toujours là parce que j'ai monté les marches du perron et regardé les boîtes aux lettres. C'était l'une de ces boîtes qui m'avait révélé l'existence de Holly Golightly.

J'habitais la maison depuis une semaine quand j'ai remarqué que la boîte correspondant à l'appartement numéro 2 portait une carte étrangement rédigée. En caractères élégants, style Cartier. Elle disait : *Mlle Holiday Golightly* et au-dessous, dans l'angle : *Voyageuse.*

It nagged me like a tune : *Miss Holiday Golightly, Traveling*.

One night, it was long past twelve, I woke up at the sound of Mr. Yunioshi calling down the stairs. Since he lived on the top floor, his voice fell through the whole house, exasperated and stern. "Miss Golightly ! I must protest !"

The voice that came back, welling up from the bottom of the stairs, was silly-young and self-amused. "Oh, darling, I *am* sorry. I lost the god-damn key."

"You cannot go on ringing my bell. You must please, please have yourself a key made."

"But I lose them all."

"I work, I have to sleep," Mr. Yunioshi shouted. "But always you are ringing my bell..."

"Oh, *don't* be angry, you *dear* little man : I *won't* do it again. And if you promise not to be angry" — her voice was coming nearer, she was climbing the stairs — "I might let you take those pictures we mentioned."

By now I'd left my bed and opened the door an inch. I could hear Mr. Yunioshi's silence : hear, because it was accompanied by an audible change of breath.

"When ?" he said.

The girl laughed. "Sometime," she answered, slurring the word.

"Any time," he said, and closed his door.

Cette inscription se mit à m'obséder comme un refrain : *Mlle Holiday Golightly, Voyageuse.*

Un soir, bien après minuit, je me réveillai au son de la voix de M. Yunioshi qui appelait dans la cage d'escalier. Comme il habitait au dernier étage, sa voix résonnait jusqu'en bas, exaspérée, furieuse : « Mademoiselle Golightly ! Je proteste ! »

La voix qui remonta vers la sienne depuis le bas était juvénile et gaiement bêtifiante : « Oh, chéri, je suis *désolée,* j'ai perdu cette fichue clef.

— Vous ne pouvez pas continuer à sonner à ma porte comme ça. Faites-vous donc faire une clef, je vous en prie.

— Mais je les perds toutes.

— Je travaille. Il faut que je dorme, cria M. Yunioshi. Mais toujours vous sonnez à ma porte.

— Oh, ne vous fâchez pas, cher petit monsieur. Je ne recommencerai pas. Et si vous me promettez de ne pas vous fâcher (sa voix se rapprochait, elle montait les marches), je vous laisserai prendre ces photos dont nous avons parlé. »

J'avais alors quitté mon lit et entrouvert la porte d'un centimètre. J'entendais le silence de M. Yunioshi, je l'entendais parce qu'il s'accompagnait d'un changement manifeste de respiration.

« Quand ? » demanda-t-il.

La jeune fille se mit à rire : « Un de ces jours, dit-elle d'un ton évasif.

— Quand vous voudrez », dit-il, et il ferma sa porte.

I went out into the hall and leaned over the banister, just enough to see without being seen. She was still on the stairs, now she reached the landing, and the ragbag colors of her boy's hair, tawny streaks, strands of albino-blond and yellow, caught the hall light. It was a warm evening, nearly summer, and she wore a slim cool black dress, black sandals, a pearl choker. For all her chic thinness, she had an almost breakfast-cereal air of health, a soap and lemon cleanness, a rough pink darkening in the cheeks. Her mouth was large, her nose upturned. A pair of dark glasses blotted out her eyes. It was a face beyond childhood, yet this side of belonging to a woman. I thought her anywhere between sixteen and thirty; as it turned out, she was shy two months of her nineteenth birthday.

She was not alone. There was a man following behind her. The way his plump hand clutched at her hip seemed somehow improper; not morally, aesthetically. He was short and vast, sun-lamped and pomaded, a man in a buttressed pin-stripe suit with a red carnation withering in the lapel. When they reached her door she rummaged her purse in search of a key, and took no notice of the fact that his thick lips were nuzzling the nape of her neck.

Je sortis dans le couloir et me penchai par-dessus la rampe, assez pour voir sans être vu. Elle était encore dans l'escalier, sur le point d'atteindre son palier, et ses cheveux bigarrés de jeune garçon, avec leurs mèches fauves, oxygénées et jaunes, accrochaient la lumière du hall. La soirée était chaude, c'était presque l'été, et elle portait une mince et fraîche robe noire, des sandales noires et un collier de chien en perles. Toute son élégante sveltesse évoquait la santé, les céréales au petit déjeuner, une bonne odeur de savon et de citron, des joues enluminées. Sa bouche était grande, son nez retroussé. Des lunettes de soleil lui masquaient les yeux. C'était un visage au-delà de l'enfance mais tout proche de la femme. Je lui aurais donné entre seize et trente ans. En fait, je le sus plus tard, elle était à deux mois de son dix-neuvième anniversaire.

Elle n'était pas seule. Il y avait un homme derrière elle dont la main grasse, plaquée sur sa hanche, avait quelque chose de choquant, non d'un point de vue moral mais esthétique. Il était court sur pattes et large, bronzé à la lampe et pommadé avec un complet milleraies aux épaules rembourrées et un œillet rouge flétri à la boutonnière. Comme ils atteignaient sa porte, Holly fouilla dans son sac à la recherche d'une clef et parut ne pas remarquer qu'il lui mâchouillait la nuque de ses lèvres épaisses.

41

At last, though, finding the key and opening her door, she turned to him cordially : "Bless you, darling — you were sweet to see me home."

"Hey, baby!" he said, for the door was closing in his face.

"Yes, Harry?"

"Harry was the other guy. I'm Sid. Sid Arbuck. You like me."

"I worship you, Mr. Arbuck. But good night, Mr. Arbuck."

Mr. Arbuck stared with disbelief as the door shut firmly. "Hey, baby, let me in, baby. You like me, baby. I'm a liked guy. Didn't I pick up the check, five people, *your* friends, I never seen them before? Don't that give me the right you should like me? You like me, baby."

He tapped on the door gently, then louder; finally he took several steps back, his body hunched and lowering, as though he meant to charge it, crash it down. Instead, he plunged down the stairs, slamming a fist against the wall. Just as he reached the bottom, the door of the girl's apartment opened and she poked out her head.

"Oh, Mr. *Ar*buck..."

He turned back, a smile of relief oiling his face : she'd only been teasing.

Enfin, ayant trouvé sa clef, elle ouvrit la porte et se tourna vers lui, l'air amical : « Merci, mon chou. Vous êtes gentil de m'avoir raccompagnée.

— Hé, mon petit ! dit-il, tandis qu'elle lui fermait la porte au nez.

— Oui, Harry ?

— Harry, c'était l'autre gars. Moi, je suis Sid Arbuck. Vous m'aimez bien, non ?

— Monsieur Arbuck, je vous adore, mais je vous dis bonne nuit, monsieur Arbuck. »

M. Arbuck contempla, incrédule, la porte qui se fermait résolument. « Hé, mon petit, laisse-moi entrer, mon petit. Tu m'aimes bien, non ? Moi, je suis un type qu'on aime bien. C'est pas moi qui ai réglé la note, cinq personnes, *tes* amis, des gens que je n'avais jamais vus avant ? Ça me donne pas le droit de te plaire ? Voyons, je te plais, non ? »

Il tapa à la porte, doucement, puis plus fort. Enfin, il recula de quelques pas, ramassé sur lui-même comme s'il se préparait à charger et à enfoncer la porte, mais, tout au contraire, il se mit à dévaler l'escalier en frappant le mur à coups de poing. Comme il arrivait en bas, la porte de l'appartement de la jeune fille s'ouvrit et elle passa la tête au-dehors.

« Oh, monsieur *A*rbuck… »

Il se retourna et un sourire de soulagement s'étala sur ses traits : elle le faisait marcher, simplement.

"The next time a girl wants a little powder-room change," she called, not teasing at all, "take my advice, darling : *don't* give her twenty cents!"

She kept her promise to Mr. Yunioshi; or I assume she did not ring his bell again, for in the next days she started ringing mine, sometimes at two in the morning, three and four : she had no qualms at what hour she got me out of bed to push the buzzer that released the downstairs door. As I had few friends, and none who would come around so late, I always knew that it was her. But on the first occasions of its happening, I went to my door, half-expecting bad news, a tele-gram; and Miss Golightly would call up : "Sorry, darling — I forgot my key."

Of course we'd never met. Though actually, on the stairs, in the street, we often came face-to-face; but she seemed not quite to see me. She was never without dark glasses, she was always well groomed, there was a consequential good taste in the plainness of her clothes, the blues and grays and lack of luster that made her, herself, shine so.

«La prochaine fois qu'une fille vous demandera de la monnaie pour aller au petit coin, lança-t-elle sans ironie, suivez mon conseil, mon chou : ne lui donnez *pas* vingt cents ! »

Elle tint sa promesse à M. Yunioshi ou, du moins, je suppose qu'elle évita de sonner à sa porte, car les jours suivants elle se mit à sonner à la mienne, parfois à deux, trois ou quatre heures du matin. Elle n'avait aucun souci de l'heure à laquelle elle me tirait du lit pour presser sur le bouton qui commandait l'ouverture de la porte du bas. Comme j'avais peu d'amis et aucun susceptible de venir aussi tard, je savais toujours que c'était elle. Mais les premières fois que cela arriva, j'allai à ma porte, craignant à demi des mauvaises nouvelles, un télégramme, et Mlle Golightly m'appelait : «Désolée, mon chou, j'ai oublié ma clef. »

Bien entendu, nous ne nous connaissions pas. En fait, cependant, nous nous étions souvent croisés dans l'escalier ou dans la rue, mais elle semblait ne jamais me voir tout à fait. Elle portait toujours ses lunettes noires, était toujours très soignée, témoignait dans ses toilettes d'un bon goût concerté à base de bleu et de gris, et d'une absence de tape-à-l'œil qui ne lui donnait que plus d'éclat.

One might have thought her a photographer's model, perhaps a young actress, except that it was obvious, judging from her hours, she hadn't time to be either.

Now and then I ran across her outside our neighborhood. Once a visiting relative took me to "21," and there, at a superior table, surrounded by four men, none of them Mr. Arbuck, yet all of them interchangeable with him, was Miss Golightly, idly, publicly combing her hair; and her expression, an unrealized yawn, put, by example, a dampener on the excitement I felt over dining at so swanky a place. Another night, deep in the summer, the heat of my room sent me out into the streets. I walked down Third Avenue to Fifty-first Street, where there was an antique store with an object in its window I admired : a palace of a bird cage, a mosque of minarets and bamboo rooms yearning to be filled with talkative parrots. But the price was three hundred and fifty dollars. On the way home I noticed a cab-driver crowd gathered in front of P. J. Clarke's saloon, apparently attracted there by a happy group of whiskey-eyed Australian army officers baritoning, "Waltzing Matilda." As they sang they took turns spin-dancing a girl over the cobbles under the El;

On aurait pu la prendre pour un modèle de photographe, peut-être une jeune actrice, sinon qu'il était évident, à en juger par ses horaires, qu'elle n'avait le temps d'être ni l'une ni l'autre.

De temps en temps, je la rencontrais dans le quartier. Un jour, un parent en visite m'emmena au « 21 » et, là, à une des tables les mieux placées, entourée de quatre hommes dont aucun n'était M. Arbuck mais qui sortaient tous du même moule, Mlle Golightly, paresseusement, peignait en public ses cheveux ; et son expression, une sorte de bâillement virtuel, doucha l'excitation que j'éprouvais à dîner dans un endroit aussi chic. Un autre soir, au cœur de l'été, la chaleur de ma chambre me chassa dans les rues. Je descendis la Troisième Avenue jusqu'à la 51e Rue où il y avait une boutique d'antiquaire avec, dans sa vitrine, un objet qui faisait mon admiration : une somptueuse cage à oiseau, une mosquée de minarets et de cases en bambou qui appelaient la présence de perroquets jacasseurs. Mais son prix était de trois cent cinquante dollars. Sur le chemin du retour, je remarquai un attroupement de chauffeurs de taxi devant le bar de P. J. Clarke, apparemment attirés là par un joyeux groupe d'officiers australiens imbibés de whisky qui barytonnaient « Waltzing Matilda ». Tout en chantant, ils faisaient tournoyer l'un après l'autre une fille sur les pavés au-dessous du métro aérien ;

and the girl, Miss Golightly, to be sure, floated round in their arms light as a scarf.

Buf if Miss Golightly remained unconscious of my existence, except as a doorbell convenience, I became, through the summer, rather an authority on hers. I discovered, from observing the trash-basket outside her door, that her regular reading consisted of tabloids and travel folders and astro-logical charts; that she smoked an esoteric ciga-rette called Picayunes; survived on cottage cheese and melba toast; that her vari-colored hair was somewhat self-induced. The same source made it evident that she received V-letters by the bale. They were always torn into strips like bookmarks. I used occasionally to pluck myself a bookmark in passing. *Remember* and *miss you* and *rain* and *please write* and *damn* and *goddamn* were the words that recurred most often on these slips; those, and *lonesome* and *love*.

Also, she had a cat and she played the guitar. On days when the sun was strong, she would wash her hair, and together with the cat, a red tiger-striped tom, sit out on the fire escape thumbing a guitar while her hair dried. Whenever I heard the music, I would go stand quietly by my window. She played very well, and sometimes sang too.

et cette fille, Mlle Golightly comme par hasard, flottait dans leurs bras légère comme une écharpe.

Mais si Mlle Golightly demeurait inconsciente de mon existence, sinon comme une sorte de portier bien commode, j'acquis au cours de l'été une certaine influence sur la sienne. Je découvris, en surveillant la corbeille à papiers devant sa porte, que ses lectures habituelles consistaient en illustrés, brochures de voyages et prévisions astrologiques ; qu'elle fumait une marque de cigarettes ésotérique du nom de Picayunes, se nourrissait de fromage blanc et de biscottes, que sa chevelure versicolore était le fruit de ses recherches. La même source me révéla qu'elle recevait des lettres du front par sacs entiers. Elles étaient toujours déchirées en lanières comme des marques de livres. De temps à autre, j'en ramassais une au passage : *souviens-toi* ou *tu me manques,* ou *il pleut,* ou *écris, je t'en prie,* ou *merde et merde* étaient les phrases qui revenaient le plus souvent sur ces bandes de papier ; on y trouvait aussi *très seul* et *tendresses.*

J'appris aussi qu'elle avait un chat et jouait de la guitare… Les jours où le soleil était ardent, elle se lavait la tête et, avec son chat, un matou tigré rougeâtre, elle s'asseyait sur l'échelle de secours et grattait sa guitare pendant que ses cheveux séchaient. Chaque fois que j'entendais la musique, j'allais m'asseoir sans bruit près de ma fenêtre. Elle jouait très bien et quelquefois chantait.

Sang in the hoarse, breaking tones of a boy's adolescent voice. She knew all the show hits, Cole Porter and Kurt Weill; especially she liked the songs from *Oklahoma!*, which were new that summer and everywhere. But there were moments when she played songs that made you wonder where she learned them, where indeed she came from. Harsh-tender wandering tunes with words that smacked of pineywoods or prairie. One went: *Don't wanna sleep, Don't wanna die, Just wanna go a-travelin' through the pastures of the sky*; and this one seemed to gratify her the most, for often she continued it long after her hair had dried, after the sun had gone and there were lighted windows in the dusk.

But our acquaintance did not make headway until September, an evening with the first ripple-chills of autumn running through it. I'd been to a movie, come home and gone to bed with a bourbon nightcap and the newest Simenon: so much my idea of comfort that I couldn't understand a sense of unease that multiplied until I could hear my heart beating. It was a feeling I'd read about, written about, but never before experienced.

Elle chantait d'une voix rauque et cassée d'adolescent. Elle connaissait tous les airs en vogue, Cole Porter et Kurt Weill ; elle aimait en particulier les airs d'*Oklahoma!*, nouveaux cet été-là, et qu'on entendait partout, mais il lui arrivait d'en jouer d'autres qui faisaient qu'on se demandait d'où elle les avait appris et d'où elle-même pouvait bien venir. Des mélodies errantes, dures et tendres à la fois, dont les paroles fleuraient les bois de pins ou la prairie. L'une disait : *Don't wanna sleep, Don't wanna die, Just wanna go a-travelin' through the pastures of the sky*[1]. Cette chanson-là devait particulièrement lui plaire car souvent elle continuait à la chanter, bien après que ses cheveux eurent séché, que le soleil se fut couché et que les lampes se furent allumées aux fenêtres dans le crépuscule.

Mais nos relations ne progressèrent qu'au mois de septembre, un soir traversé par les premiers frissons de l'automne. J'étais allé au cinéma et, une fois rentré, je m'étais mis au lit avec un verre de bourbon et le dernier Simenon paru : conception pour moi si parfaite du confort que je ne parvenais pas à comprendre le sentiment de malaise qui s'amplifia au point que j'entendais battre mon cœur. C'était une impression que je connaissais par mes lectures, sur laquelle j'avais écrit, mais dont je n'avais jamais fait l'expérience.

---

1. « Je veux pas dormir, je veux pas mourir, je veux seulement voyager au milieu des pâturages du ciel. »

The feeling of being watched. Of someone in the room. Then : an abrupt rapping at the window, a glimpse of ghostly gray : I spilled the bourbon. It was some little while before I could bring myself to open the window, and ask Miss Golightly what she wanted.

"I've got the most terrifying man downstairs," she said, stepping off the fire escape into the room. "I mean he's sweet when he isn't drunk, but let him start lapping up the vino, and oh God quel beast! If there's one thing I loathe, it's men who bite." She loosened a gray flannel robe off her shoulder to show me evidence of what happens if a man bites. The robe was all she was wearing? "I'm sorry if I frightened you. But when the beast got so tiresome I just went out the window. I think he thinks I'm in the bathroom, not that I give a damn what he thinks, the hell with him, he'll get tired, he'll go to sleep, my God he should, eight martinis before dinner and enough wine to wash an elephant. Listen, you can throw me out if you want to. I've got a gall barging in on you like this. But that fire escape was damned icy. And you looked so cozy. Like my brother Fred. We used to sleep four in a bed, and he was the only one that ever let me hug him on a cold night.

L'impression d'être surveillé. D'une présence dans la pièce. Puis il y eut des coups rapides frappés à la fenêtre, une ombre grisâtre m'apparut fugitivement. Je renversai mon verre de bourbon. Quelques instants s'écoulèrent avant que je me décide à aller ouvrir la fenêtre pour demander à Mlle Golightly ce qu'elle voulait.

« Il y a en bas un type terrifiant, me dit-elle, quittant l'escalier de secours pour entrer dans ma chambre. Je veux dire... il est très gentil quand il n'est pas saoul mais si on le laisse s'imbiber un peu, il devient un vrai fauve. S'il y a une chose que je déteste, ce sont les types qui mordent. » Elle entrouvrit son peignoir de flanelle grise pour me montrer, sur son épaule, la preuve d'une morsure masculine. Elle ne portait rien d'autre que ce peignoir. « Désolée de vous avoir fait peur, reprit-elle, mais quand cette brute a dépassé les bornes, j'ai sauté par la fenêtre. Il doit me croire dans la salle de bains ; remarquez, ce qu'il croit je m'en tape, qu'il aille se faire voir. Enfin, il va se fatiguer et s'endormir. Bon Dieu, ce serait normal, huit martinis avant le dîner et assez de vin pour noyer un éléphant. Écoutez, vous pouvez me fiche dehors si ça vous chante. Ça me fait assez râler de faire irruption chez vous comme ça. Mais on se les gèle, sur cet escalier. Et vous aviez l'air tellement bien. Comme mon frère Fred. On dormait à quatre dans un lit et c'était le seul qui me laissait me serrer contre lui quand il faisait froid.

By the way, do you mind if I call you Fred?" She'd come completely into the room now, and she paused there, staring at me. I'd never seen her before not wearing dark glasses, and it was obvious now that they were prescription lenses, for without them her eyes had an assessing squint, like a jeweler's. They were large eyes, a little blue, a little green, dotted with bits of brown : vari-colored, like her hair; and, like her hair, they gave out a lively warm light. "I suppose you think I'm very brazen. Or *très fou*. Or something."

"Not at all."

She seemed disappointed. "Yes, you do. Everybody does. I don't mind. It's useful."

She sat down on one of the rickety red-velvet chairs, curved her legs underneath her, and glanced round the room, her eyes puckering more pronouncedly. "How can you bear it? It's a chamber of horrors."

"Oh, you get used to anything," I said, annoyed with myself, for actually I was proud of the place.

"I don't. I'll never get used to anything. Anybody that does, they might as well be dead." Her dispraising eyes surveyed the room again. "What do you *do* here all day?"

I motioned toward a table tall with books and paper. "Write things."

Au fait, vous permettez que je vous appelle Fred ? »
Elle était maintenant complètement entrée dans
la chambre et elle s'immobilisa en me dévisageant.
Jamais je ne l'avais vue sans ses lunettes noires et
il était maintenant évident pour moi qu'elle les
portait sur ordre du médecin car, sans elles, ses
yeux étaient affligés d'un léger strabisme, un peu
comme ceux d'un bijoutier. C'étaient de grands
yeux, un peu bleus, un peu verts, piquetés de
marron, diaprés comme ses cheveux et, comme
ses cheveux, diffusant une vivante et chaude
lumière. « Je suppose que vous me trouvez très
culottée ou *très fou* ou Dieu sait quoi.

— Pas du tout. »

Elle parut déçue : « Si, si, vous le croyez. Comme
tout le monde. Moi, je m'en moque. C'est commode. »

Elle s'assit sur un des fauteuils avachis de
velours rouge, replia ses jambes sous elle et, les
yeux plissés, promena un regard autour d'elle.
« Comment supportez-vous ça ? C'est le musée
des horreurs.

— On s'habitue à tout, dis-je, irrité contre moi-
même car, en vérité, j'étais plutôt fier de mon
installation.

— Pas moi. Je ne m'habitue jamais à rien. Si
on s'habitue, autant être mort. » Son regard parcourut à nouveau la pièce, dédaigneux. « Qu'est-
ce que vous faites ici, toute la journée ? »

Je lui désignai une table encombrée de livres et
de papiers. « J'écris des choses.

"I thought writers were quite old. Of course Saroyan isn't old. I met him at a party, and really he isn't old at all. In fact," she mused, "if he'd give himself a closer shave... by the way, is Hemingway old?"

"In his forties, I should think."

"That's not bad. I can't get excited by a man until he's forty-two. I know this idiot girl who keeps telling me I ought to go to a head-shrinker; she says I have a father complex. Which is so much *merde*. I simply *trained* myself to like older men, and it was the smartest thing I ever did. How old is W. Somerset Maugham?"

"I'm not sure. Sixty-something."

"That's not bad. I've never been to bed with a writer. No, wait : do you know Benny Shacklett?" She frowned when I shook my head. "That's funny. He's written an awful lot of radio stuff. But *quel rat*. Tell me, are you a real writer?"

"It depends on what you mean by real."

"Well, darling, does anyone *buy* what you write?"

"Not yet."

"I'm going to help you," she said. "I can, too. Think of all the people I know who know people.

— Je croyais que les écrivains étaient des vieux. C'est vrai que Saroyan ne l'est pas. Je l'ai rencontré à un cocktail et, effectivement, il n'est pas vieux du tout. En fait… (elle s'interrompit un instant), s'il voulait bien se raser de près… À propos, il est vieux, Hemingway ?

— Dans les quarante ans, il me semble.

— Pas mal. Un homme ne m'intéresse qu'à partir de quarante-deux ans. Je connais une fille idiote qui me bassine pour que j'aille voir un psy. Elle dit que j'ai une fixation au père. Tout ça, c'est de la *merde*. Je me suis simplement entraînée à aimer des hommes âgés ; c'est bien ce que j'ai fait de plus futé. Quel âge il a, Somerset Maugham ?

— Je ne sais pas trop. Dans les soixante et quelques.

— Pas mal non plus. Jamais je n'ai couché avec un écrivain. Non, attendez. Vous connaissez Benny Shacklett ? » Elle fronça les sourcils en me voyant secouer la tête. « C'est drôle. Il a écrit des tas de trucs pour la radio. Mais *quel rat !* Dites, vous êtes un vrai écrivain ?

— Ça dépend de ce que vous entendez par vrai.

— Voyons, mon chou, est-ce qu'il y a des gens qui *achètent* ce que vous écrivez ?

— Pas encore.

— Alors, je vais vous aider, dit-elle. Et j'en suis capable. Pensez à tous les gens que je connais qui connaissent tellement de gens.

I'm going to help you because you look like my brother Fred. Only smaller. I haven't seen him since I was fourteen, that's when I left home, and he was already six-feet-two. My other brothers were more your size, runts. It was the peanut butter that made Fred so tall. Everybody thought it was dotty, the way he gorged himself on peanut butter; he didn't care about anything in this world except horses and peanut butter. But he wasn't dotty, just sweet and vague and terribly slow; he'd been in the eighth grade three years when I ran away. Poor Fred. I wonder if the Army's generous with their peanut butter. Which reminds me, I'm starving."

I pointed to a bowl of apples, at the same time asked her how and why she'd left home so young. She looked at me blankly, and rubbed her nose, as though it tickled: a gesture, seeing often repeated, I came to recognize as a signal that one was trespassing. Like many people with a bold fondness for volunteering intimate information, anything that suggested a direct question, a pinning-down, put her on guard. She took a bite of apple, and said: "Tell me something you've written. The story part."

"That's one of the troubles. They're not the kind of stories you *can* tell."

Je vais vous aider parce que vous ressemblez à mon frère Fred. Seulement, en plus petit. Je ne l'ai pas vu depuis mes quatorze ans, quand j'ai quitté la maison, et il faisait déjà un mètre quatre-vingt-cinq. Mes autres frères étaient plutôt de votre taille. Des avortons. C'est grâce au beurre de cacahuète que Fred a grandi comme ça. Tout le monde pensait qu'il était dingue de se bourrer de beurre de cacahuète. Rien ne l'intéressait à part les chevaux et le beurre de cacahuète. Mais il n'était pas dingue, simplement gentil, un peu vague et terriblement lent. Il triplait sa troisième quand je me suis sauvée. Pauvre Fred. Je me demande s'ils sont généreux, dans l'armée, avec le beurre de cacahuète. Ce qui me fait penser que je meurs de faim. »

Je lui montrai un compotier de pommes et, en même temps, lui demandai pourquoi elle était partie de chez elle si tôt. Elle posa sur moi un regard neutre et se gratta le nez comme s'il la démangeait, geste que, à force de le lui voir faire, je reconnus comme un signe de franchissement d'une ligne interdite. Comme bien des gens enclins à vous faire hardiment des confidences intimes, tout ce qui suggérait une question directe, une mise en demeure, la mettait sur ses gardes. Elle mordit dans une pomme et dit : « Parlez-moi de quelque chose que vous avez écrit. Le sujet d'une histoire.

— Voilà l'ennui. Ce n'est pas le genre d'histoire qu'on peut raconter.

"Too dirty?"

"Maybe I'll let you read one sometime."

"Whiskey and apples go together. Fix me a drink, darling. Then you can read me a story yourself."

Very few authors, especially the unpublished, can resist an invitation to read aloud. I made us both a drink and, settling in a chair opposite, began to read to her, my voice a little shaky with a combination of stage fright and enthusiasm: it was a new story, I'd finished it the day before, and that inevitable sense of shortcoming had not had time to develop. It was about two women who share a house, schoolteachers, one of whom, when the other becomes engaged, spreads with anonymous notes a scandal that prevents the marriage. As I read, each glimpse I stole of Holly made my heart contract. She fidgeted. She picked apart the butts in an ashtray, she mooned over her fingernails, as though longing for a file; worse, when I did seem to have her interest, there was actually a telltale frost over her eyes, as if she were wondering whether to buy a pair of shoes she'd seen in some window.

"Is that the *end*?" she asked, waking up. She floundered for something more to say. "Of course I like dykes themselves.

— Trop dégoûtant?

— Je vous en ferai peut-être lire une un jour.

— Le whisky et les pommes vont très bien ensemble. Servez-moi un verre, mon chou. Ensuite, vous pourrez me lire une histoire vous-même.»

Très peu d'écrivains, en particulier ceux qui ne sont pas publiés, résistent à une demande de lecture à haute voix. Je nous servis deux whiskies, m'installai dans un fauteuil en face d'elle et commençai à lui faire la lecture, la voix légèrement cassée par un mélange de trac et d'enthousiasme; c'était une histoire très récente, je l'avais terminée la veille et cet inévitable sentiment de ratage n'avait pas eu le temps de se faire jour. Il s'agissait de deux femmes qui partagent une maison, des enseignantes, dont l'une, alors que l'autre vient de se fiancer, suscite, à coup de billets anonymes, un scandale qui rendra le mariage impossible. Tandis que je lisais, chaque coup d'œil lancé à Holly me serrait le cœur. Elle s'agitait, tripotait les mégots de cigarette dans le cendrier, contemplait ses ongles comme si elle mourait d'envie de les limer; pis, quand je crus avoir capté son attention, une sorte de voile révélateur passa sur ses yeux comme si elle se demandait si elle allait acheter telle paire de souliers qu'elle avait vue dans une vitrine.

«C'est la fin?» demanda-t-elle en se réveillant. Elle se creusa la tête pour en dire un peu plus. «Bon, j'aime bien les gousses, dit-elle.

They don't scare me a bit. But stories about dykes bore the bejesus out of me. I just can't put myself in their shoes. Well really, darling," she said, because I was clearly puzzled, "if it's not about a couple of old bull-dykes, what the hell *is* it about?"

But I was in no mood to compound the mistake of having read the story with the further embarrassment of explaining it. The same vanity that had led to such exposure, now forced me to mark her down as an insensitive, mindless show-off.

"Incidentally," she said, "do you happen to *know* any nice lesbians? I'm looking for a roommate. Well, don't laugh. I'm so disorganized, I simply can't afford a maid; and really, dykes are wonderful homemakers, they love to do all the work, you never have to bother about brooms and defrosting and sending out the laundry. I had a roommate in Hollywood, she played in Westerns, they called her the Lone Ranger; but I'll say this for her, she was better than a man around the house. Of course people couldn't help but think I must be a bit of a dyke myself. And of course I am. Everyone is : a bit. So what? That never discouraged a man yet, in fact it seems to goad them on. Look at the Lone Ranger, married twice.

Elles ne me font pas peur du tout. Mais les histoires de gousses me cassent les pieds. Je peux vraiment pas me mettre dans leur peau. Enfin, c'est vrai, mon chou, poursuivit-elle en me voyant visiblement interloqué ; si ce n'est pas une histoire de vieilles gousses, qu'est-ce que c'est, bon sang ? »

Mais je n'étais pas d'humeur à ajouter à l'erreur d'avoir lu cette histoire l'embarras supplémentaire de l'expliquer. La même vanité qui m'avait poussé à une telle exhibition me contraignait maintenant à la juger comme une esbroufeuse étourdie et sans cœur.

« À propos, reprit-elle, vous ne connaîtriez pas de gentilles lesbiennes, par hasard ? Je cherche une colocataire. Non mais sans rire. Je suis tellement désordonnée. Je ne peux pas m'offrir une femme de ménage et, vraiment, les gousses sont des femmes d'intérieur merveilleuses ; elles adorent faire tout le boulot ; on n'a jamais besoin de s'occuper de balayer, de dégivrer le frigo, de porter le linge au blanchissage. J'avais une copine, à Hollywood, elle jouait dans des westerns ; on l'appelait "la Ranger Solitaire", mais je dois dire qu'elle valait bien mieux qu'un homme dans la maison. Naturellement, les gens se figuraient plus ou moins que j'étais gousse moi-même. Et entre nous, c'est vrai. Toutes les femmes le sont un petit peu. Et après ? Ça n'a jamais découragé un homme, ça les émoustillerait plutôt. Regardez la Ranger Solitaire, elle s'est mariée deux fois.

Usually dykes only get married once, just for the name. It seems to carry such cachet later on to be called Mrs. Something Another. That's not true!" She was staring at an alarm clock on the table. "It can't be four-thirty!"

The window was turning blue. A sunrise breeze bandied the curtains.

"What is today?"

"Thursday."

"*Thursday*." She stood up. "My God," she said, and sat down again with a moan. "It's too gruesome."

I was tired enough not to be curious. I lay down on the bed and closed my eyes. Still it was irresistible: "What's gruesome about Thursday?"

"Nothing. Except that I can never remember when it's coming. You see, on Thursdays I have to catch the eight forty-five. They're so particular about visiting hours, so if you're there by ten that gives you an hour before the poor men eat lunch. Think of it, lunch at eleven. You *can* go at two, and I'd so much rather, but he likes me to come in the morning, he says it sets him up for the rest of the day. I've *got* to stay awake," she said, pinching her cheeks until the roses came, "there isn't time to sleep, I'd look consumptive,

D'habitude, les gousses se marient une seule fois, pour le nom. On dirait que ça les pose de s'appeler plus tard Mme Machin. C'est pas vrai ! » Elle considérait avec insistance un réveille-matin sur la table. « Il n'est pas possible qu'il soit quatre heures et demie ! »

La fenêtre virait au bleuâtre. Une brise d'aurore agitait les rideaux.

« On est quoi, aujourd'hui ?

— Jeudi.

— *Jeudi !* » Elle se leva. « Mon Dieu », ajouta-t-elle. Elle se rassit avec un gémissement. « C'est trop affreux. »

J'étais suffisamment fatigué pour ne pas être curieux. Étendu sur mon lit, je fermai les yeux, mais c'était plus fort que moi. « Qu'est-ce qu'il a d'affreux, ce jeudi ?

— Rien. Sinon que je ne peux jamais me rappeler quand il arrive. Vous comprenez, le jeudi il faut que je prenne le 8 h 45. Ils font tellement d'histoires pour les heures de visite, alors si vous êtes là-bas à dix heures, il reste juste une heure avant que ces pauvres gens prennent leur déjeuner. Rendez-vous compte, déjeuner à onze heures. On peut y aller aussi à deux heures et c'est ce que je préférerais, mais il aime que je vienne le matin, il dit que ça le remet d'aplomb pour le reste de la journée. Il faut que je reste éveillée. » Elle se pinça les joues jusqu'à ce qu'elles rosissent. « Ce n'est pas le moment de dormir, j'aurais l'air d'une tubarde.

I'd sag like a tenement, and that wouldn't be fair : a girl can't go to Sing Sing with a green face."

"I suppose not." The anger I felt at her over my story was ebbing; she absorbed me again.

"All the visitors *do* make an effort to look their best, and it's very tender, it's sweet as hell, the way the women wear their prettiest everything, I mean the old ones and the really poor ones too, they make the dearest effort to look nice and smell nice too, and I love them for it. I love the kids too, especially the colored ones. I mean the kids the wives bring. It should be sad, seeing the kids there, but it isn't, they have ribbons in their hair and lots of shine on their shoes, you'd think there was going to be ice cream; and sometimes that's what it's like in the visitors' room, a party. Anyway it's not like the movies : you know, grim whisperings through a grille. There isn't any grille, just a counter between you and them, and the kids can stand on it to be hugged; all you have to do to kiss somebody is lean across. What I like most, they're so happy to see each other, they've saved up so much to talk about, it isn't possible to be dull, they keep laughing and holding hands. It's different afterwards," she said.

Je m'écroulerais comme une vieille baraque et ça ne serait pas juste. Une fille ne peut pas aller à Sing Sing[1] avec une mine verdâtre.

— Sans doute pas.» La colère que m'avait inspirée son attitude pendant ma lecture se dissipait; à nouveau, elle me captivait.

«Tous les visiteurs font un effort pour paraître à leur avantage et c'est très tendre, drôlement touchant, la façon qu'ont les femmes de se mettre sur leur trente et un. Je veux dire, les vieilles et aussi les vraiment pauvres, elles font tout ce qu'elles peuvent pour être jolies et sentir bon, et je les aime à cause de ça. J'aime les gosses aussi, surtout ceux de couleur. Je veux dire les gosses amenés par les femmes. Ça devrait être triste de voir les gosses là-bas, mais pas du tout. Elles ont des rubans dans les cheveux, les souliers bien cirés; on dirait qu'on va leur servir des glaces et quelquefois, c'est comme ça, au parloir, une espèce de fête. En tout cas, c'est pas comme dans les films; vous savez, les confidences sinistres à travers une grille. D'abord, il n'y a pas de grille, simplement un comptoir entre eux et vous, et les gosses peuvent monter dessus pour qu'on les embrasse. Ce que j'aime le plus, c'est qu'ils sont si heureux de se voir, ils ont tellement de choses à se dire, ça ne peut pas être ennuyeux, ils n'arrêtent pas de rire, de se tenir par la main. Après, c'est différent…, ajouta-t-elle.

1. Prison située à Ossining, dans l'État de New York.

"I see them on the train. They sit so quiet watching the river go by." She stretched a strand of hair to the corner of her mouth and nibbled it thoughtfully. "I'm keeping you awake. Go to sleep."

"Please. I'm interested."

"I know you are. That's why I want you to go to sleep. Because if I keep on, I'll tell you about Sally. I'm not sure that would be quite cricket." She chewed her hair silently. "They never *told* me not to tell anyone. In so many words. And it *is* funny. Maybe you could put it in a story with different names and whatnot. Listen, Fred," she said, reaching for another apple, "you've got to cross your heart and kiss your elbow —"

Perhaps contortionists can kiss their elbow; she had to accept an approximation.

"Well," she said, with a mouthful of apple, "you may have read about him in the papers. His name is Sally Tomato, and I speak Yiddish better than he speaks English; but he's a darling old man, terribly pious. He'd look like a monk if it weren't for the gold teeth; he says he prays for me every night. Of course he was never my lover; as far as that goes, I never knew him until he was already in jail. But I adore him now, after all I've been going to see him every Thursday for seven months, and I think I'd go even if he didn't pay me.

68

Je les vois dans le train. Ils sont tassés sans rien dire, à regarder couler la rivière.» Elle tira une mèche de ses cheveux vers le coin de sa bouche et se mit à la mordiller pensivement. «Je vous empêche de dormir, hein?

— Je vous en prie, ça m'intéresse.

— Je le vois bien. C'est pour ça que je voudrais que vous dormiez. Parce que, si ça continue, je vais vous parler de Sally. Et je crois que ce serait moche de ma part.» Elle mâchonnait sans bruit ses cheveux : «On ne m'a jamais dit de n'en parler à personne. Et c'est vraiment drôle. Vous pourriez peut-être raconter ça dans une histoire avec des noms différents et ainsi de suite. Écoutez, Fred, dit-elle en prenant une autre pomme. Jurez-le-moi en vous embrassant le coude.»

Peut-être les contorsionnistes peuvent-ils s'embrasser le coude; elle dut se contenter d'un geste approximatif.

«Au fait, dit-elle en mastiquant un morceau de pomme, vous avez peut-être lu son histoire dans les journaux. Il s'appelle Sally Tomato et je parle yiddish mieux qu'il ne parle anglais, mais c'est un vieux type épatant et terriblement pieux. Sans ses dents en or, il aurait l'air d'un moine. Il dit qu'il prie pour moi toutes les nuits. Bien sûr, il n'a jamais été mon amant. Il était déjà en taule quand je l'ai connu. Mais je l'adore maintenant; après tout, je suis allée le voir tous les jeudis depuis sept mois et je crois que je continuerais, même s'il ne me payait pas...

This one's mushy," she said, and aimed the rest of the apple out the window. "By the way, I *did* know Sally by sight. He used to come to Joe Bell's bar, the one around the corner : never talked to anybody, just stand there, like the kind of man who lives in hotel rooms. But it's funny to remember back and realize how closely he must have been watching me, because right after they sent him up (Joe Bell showed me his picture in the paper. Blackhand. Mafia. All that mumbo jumbo : but they gave him five years) along came this telegram from a lawyer. It said to contact him immediately for information to my advantage."

"You thought somebody had left you a million?"

"Not at all. I figured Bergdorf was trying to collect. But I took the gamble and went to see this lawyer (if he *is* a lawyer, which I doubt, since he doesn't seem to have an office, just an answering service, and he always wants to meet you in Hamburg Heaven : that's because he's fat, he can eat ten hamburgers and two bowls of relish and a whole lemon meringue pie). He asked me how I'd like to cheer up a lonely old man, at the same time pick up a hundred a week. I told him look, darling, you've got the wrong Miss Golightly, I'm not a nurse that does tricks on the side.

Elle est blette, celle-là, dit-elle, et elle jeta le reste de la pomme par la fenêtre. Au fait, je connaissais quand même Sally de vue. Il venait souvent au bar de Joe Bell, celui qui fait le coin. Il ne parlait jamais à personne, il restait là, simplement, comme ces types qui vivent à l'hôtel, mais c'est drôle d'y repenser et de se rendre compte qu'il avait drôlement dû me reluquer parce que, tout de suite après qu'on l'a envoyé là-bas (Joe Bell m'avait montré sa photo dans le journal. Main Noire. Mafia. Tout ce blabla, mais ils lui ont donné cinq ans), j'ai reçu ce télégramme d'un avocat. Il fallait que je le contacte tout de suite pour une affaire à mon avantage.

— Vous avez cru que quelqu'un vous avait laissé un million ?

— Pas du tout. J'ai cru que Bergdorf essayait de récupérer du fric, mais j'ai couru le risque et je suis allée trouver cet avocat (en admettant qu'il en soit un, ce qui m'étonnerait étant donné qu'il n'a pas l'air d'avoir de bureau, simplement une permanence téléphonique, et il donne toujours ses rendez-vous au Hamburg Heaven ; c'est pour ça qu'il est si gras ; il peut avaler dix hamburgers, deux bols de sauce et toute une meringue au citron). Il m'a demandé si ça me dirait de distraire un vieux bonhomme solitaire, tout en récoltant cent dollars par semaine. Je lui ai dit : écoutez, mon chou, vous vous trompez d'adresse. Je ne suis pas une infirmière qui fait des extra.

I wasn't impressed by the honorarium either; you can do as well as that on trips to the powder room : any gent with the slightest chic will give you fifty for the girl's john, and I always ask for cab fare too, that's another fifty. But then he told me his client was Sally Tomato. He said dear old Sally had long admired me *à la distance*, so wouldn't it be a good deed if I went to visit him once a week. Well, I couldn't say no : it was too romantic."

"I don't know. It doesn't sound right."

She smiled. "You think I'm lying?"

"For one thing, they can't simply let *any*one visit a prisoner."

"Oh, they don't. In fact they make quite a boring fuss. I'm supposed to be his niece."

"And it's as simple as that? For an hour's conversation he gives you a hundred dollars?"

"He doesn't, the lawyer does. Mr. O'Shaughnessy mails it to me in cash as soon as I leave the weather report."

"I think you could get into a lot of trouble," I said, and switched off a lamp; there was no need of it now, morning was in the room and pigeons were gargling on the fire escape.

"How?" she said seriously.

"There must be something in the law books about false identity.

Les honoraires ne m'impressionnaient pas non plus ; on peut s'en faire autant rien qu'en allant se repoudrer aux lavabos ; n'importe quel mec un peu classe vous refilera cinquante dollars pour aller aux toilettes dames et je demande toujours de quoi prendre le taxi, ce qui fait cinquante dollars de plus. Là-dessus, il m'a dit que son client était Sally Tomato. Il a dit que ce cher vieux Sally m'admirait depuis longtemps *à distance* et que je ferais donc une bonne action en allant le voir une fois par semaine. Du coup, je ne pouvais plus dire non. C'était trop romantique.

— Je me demande. Ça m'a l'air plutôt louche. »
Elle sourit : « Vous croyez que je mens ?

— D'abord, on ne laisse pas n'importe qui rendre visite à un détenu.

— Oh, mais non. En vérité, ils ont fait tout un foin. Je suis censée être sa nièce.

— Et c'est aussi simple que ça ? Pour une heure de conversation, il vous donne cent dollars.

— Pas lui. L'avocat. M. O'Shaughnessy m'envoie l'argent par la poste, juste après que j'ai laissé le bulletin de la météo.

— À mon avis, vous pourriez vous mettre dans un vrai pétrin », dis-je en éteignant la lampe. Elle était inutile maintenant, le jour envahissait la chambre et les pigeons roucoulaient sur l'escalier de secours.

« Comment ça ? fit-elle d'un ton sérieux.

— Il y a sûrement dans la loi des articles concernant les fausses identités.

After all, you're *not* his niece. And what about this weather report?"

She patted a yawn. "But it's nothing. Just messages I leave with the answering service so Mr. O'Shaughnessy will know for sure that I've been up there. Sally tells me what to say, things like, oh, 'there's a hurricane in Cuba' and 'it's snowing in Palermo.' Don't worry, darling," she said, moving to the bed, "I've taken care of myself a long time." The morning light seemed refracted through her: as she pulled the bed covers up to my chin she gleamed like a transparent child; then she lay down beside me. "Do you mind? I only want to rest a moment. So let's don't say another word. Go to sleep."

I pretended to, I made my breathing heavy and regular. Bells in the tower of the next-door church rang the half-hour, the hour. It was six when she put her hand on my arm, a fragile touch careful not to waken. "Poor Fred," she whispered, and it seemed she was speaking to me, but she was not. "Where are you, Fred? Because it's cold. There's snow in the wind." Her cheek came to rest against my shoulder, a warm damp weight.

"Why are you crying?"

Après tout, vous n'êtes pas sa nièce. Et qu'est-ce que c'est que cette histoire de bulletin météo?»

Elle étouffa un bâillement : « Mais c'est rien. Simplement des messages que je laisse sur la permanence téléphonique pour que M. O'Saughnessy sache que je suis allée là-bas. Sally m'explique ce qu'il faut dire. Des trucs comme, euh… "il y a un ouragan à Cuba" ou "il neige à Palerme". Vous inquiétez pas, mon chou, ajouta-t-elle en se rapprochant du lit, il y a longtemps que je sais me défendre. » La lumière du matin semblait se réfracter sur elle. Tandis qu'elle remontait les couvertures sous mon menton, elle brillait comme une enfant, transparente ; puis elle s'allongea à côté de moi : « Vous permettez ? Je veux seulement me reposer un moment. Alors, ne disons plus rien. Dormez. »

Je fis semblant en adoptant une respiration lente et régulière. Au clocher de l'église voisine, les cloches sonnèrent la demi-heure puis l'heure. Il était six heures quand elle posa la main sur mon bras, un contact délicat, soucieux de ne pas me réveiller : « Pauvre Fred », murmura-t-elle, et l'on eût dit qu'elle s'adressait à moi, mais ce n'était pas le cas : « Où es-tu, Fred ? Parce qu'il fait froid, il y a de la neige dans l'air. » Sa joue s'appuya contre mon épaule, une pesée tiède et humide.

« Pourquoi pleurez-vous ? »

She sprang back, sat up. "Oh, for God's sake," she said, starting for the window and the fire escape, "I *hate* snoops."

The next day, Friday, I came home to find outside my door a grand-luxe Charles & Co. basket with her card : *Miss Holiday Golightly, Traveling* : and scribbled on the back in a freakishly awkward, kindergarten hand : *Bless you darling Fred. Please forgive the other night. You were an angel about the whole thing.* Mille tendresse — *Holly. P.S. I won't bother you again.* I replied, *Please do,* and left this note at her door with what I could afford, a bunch of street-vendor violets. But apparently she'd meant what she said; I neither saw nor heard from her, and I gathered she'd gone so far as to obtain a downstairs key. At any rate she no longer rang my bell. I missed that; and as the days merged I began to feel toward her certain far-fetched resentments, as if I were being neglected by my closest friend. A disquieting loneliness came into my life, but it induced no hunger for friends of longer acquaintance : they seemed now like a salt-free, sugarless diet.

Elle se rejeta en arrière, se mit sur son séant : « Oh non, bon sang, dit-elle en bondissant vers la fenêtre et l'escalier de secours. Je *déteste* les fouineurs. »

Le lendemain vendredi, en rentrant chez moi, je trouvai devant ma porte un luxueux panier de fruits exotiques de chez Charles & Co., avec sa carte : *Mlle Holiday Golightly, Voyageuse* et, griffonné au dos d'une écriture maladroite de jardin d'enfants : *Dieu vous bénisse, Fred chéri. Pardonnez-moi pour l'autre nuit. Vous avez été un ange d'un bout à l'autre.* Mille tendresse. *Holly. — P-S : Je ne vous embêterai plus.* Je répondis : *Si, je vous en prie, embêtez-moi.* Et je laissai ce mot à sa porte avec ce qui était dans mes moyens, un bouquet de violettes acheté dans la rue. Mais, apparemment, elle avait décidé de tenir parole. Je ne la revis plus, n'entendis plus parler d'elle et j'en conclus qu'elle avait fait l'effort nécessaire pour obtenir une clef de la porte d'en bas. En tout cas, elle ne vint plus sonner à ma porte, ce qui me manqua et, tandis que les jours passaient, je commençai à éprouver à son égard un certain ressentiment un peu forcé, comme si j'avais été négligé par mon ami le plus cher. Je me sentis pénétré d'une solitude lancinante mais sans pour autant aspirer à retrouver des amis plus anciens. Ils me faisaient maintenant l'effet d'un régime sans sel et sans sucre.

By Wednesday thoughts of Holly, of Sing Sing and Sally Tomato, of worlds where men forked over fifty dollars for the powder room, were so constant that I couldn't work. That night I left a message in her mailbox: *Tomorrow is Thursday.* The next morning rewarded me with a second note in the play-pen script: *Bless you for reminding me. Can you stop for a drink tonight 6-ish?*

I waited until ten past six, then made myself delay five minutes more.

A creature answered the door. He smelled of cigars and Knize cologne. His shoes sported elevated heels; without these added inches, one might have taken him for a Little Person. His bald freckled head was dwarf-big: attached to it were a pair of pointed, truly elfin ears. He had Pekingese eyes, unpitying and slightly bulged. Tufts of hair sprouted from his ears, from his nose; his jowls were gray with afternoon beard, and his handshake almost furry.

"Kid's in the shower," he said, motioning a cigar toward a sound of water hissing in another room. The room in which we stood (we were standing because there was nothing to sit on) seemed as though it were being just moved into; you expected to smell wet paint.

Le mercredi, les pensées de Holly, Sing Sing, Sally Tomato, d'un monde où des hommes claquaient cinquante dollars pour un tour aux lavabos me hantèrent à tel point que je fus incapable de travailler. Ce soir-là, je laissai un message dans sa boîte aux lettres : *Demain, c'est jeudi.* Le lendemain matin, je fus récompensé par un second billet de la même écriture de classe maternelle : *Mille mercis de me le rappeler. Pouvez-vous venir boire un verre ce soir, vers six heures ?*

J'attendis jusqu'à six heures dix, puis m'accordai encore cinq minutes.

Une étrange créature vint m'ouvrir. Il sentait le cigare et l'eau de cologne Knize. Ses souliers étaient équipés de talonnettes ; sans ce supplément de centimètres, on aurait pu le prendre pour un Kobold. Sa tête chauve et tavelée avait la grosseur de celle d'un nain ; une paire d'oreilles pointues comme celles d'un gnome y étaient attachées. Il avait des yeux de pékinois, saillants, avec un regard impitoyable. Des touffes de poils lui sortaient des oreilles et des narines. Ses joues étaient bleuâtres d'une barbe d'après-midi et sa poignée de main avait quelque chose de pelucheux.

« La môme est sous la douche », dit-il en tendant son cigare vers un bruissement liquide dans une pièce voisine. Celle où nous nous tenions (debout, car il n'y avait aucun siège) donnait l'impression d'un début d'emménagement. On s'attendait à sentir la peinture fraîche.

Suitcases and unpacked crates were the only furniture. The crates served as tables. One supported the mixings of a martini; another a lamp, a Libertyphone. Holly's red cat and a bowl of yellow roses. Bookcases, covering one wall, boasted a half-shelf of literature. I warmed to the room at once, I liked its fly-by-night look.

The man cleared his throat. "You expected?"

He found my nod uncertain. His cold eyes operated on me, made neat, exploratory incisions. "A lot of characters come here, they're not expected. You know the kid long?"

"Not very."

"So you don't know the kid long?"

"I live upstairs."

The answer seemed to explain enough to relax him. "You got the same layout?"

"Much smaller."

He tapped ash on the floor. "This is a dump. This is unbelievable. But the kid don't know how to live even when she's got the dough." His speech had a jerky metallic rhythm, like a teletype. "So," he said, "what do you think : is she or ain't she?"

"Ain't she what?"

"A phony."

Des valises et des caisses fermées constituaient tout le mobilier. Les caisses servaient de tables. Sur l'une était posé de quoi préparer des martinis. Sur une autre, il y avait une lampe, un tourne-disques, le chat orange de Holly et un vase de roses jaunes. Contre l'un des murs, une étagère se glorifiait de contenir un demi-rayon de littérature. D'emblée, cette pièce m'enchanta. J'aimais son style fuite-à-la-cloche-de-bois.

L'homme se racla la gorge. « Z'êtes attendu ? »

Il jugea mon acquiescement incertain. Son regard froid me détailla, opérant sur moi des incisions précises. « Y a une flopée de mecs qui viennent ici... et qui sont pas attendus. Vous la connaissez depuis longtemps, la môme ?

— Pas très.

— Alors vous la connaissez pas depuis long-temps ?

— J'habite au-dessus. »

Cette réponse lui parut assez claire pour le détendre. « Vous avez la même turne ?

— En beaucoup plus petit. »

Il fit tomber sa cendre par terre : « C'est un vrai trou à rats, ici. Pas croyable. Mais la môme est pas fichue de se débrouiller, même quand elle a du pognon. » Son débit avait un rythme saccadé et métallique comme un télétype. « Alors, reprit-il, qu'est-ce que vous croyez : qu'elle l'est ou qu'elle l'est pas ?

— Qu'elle est quoi ?

— Une frimeuse.

81

"I wouldn't have thought so."

"You're wrong. She is a phony. But on the other hand you're right. She isn't a phony because she's a *real* phony. She believes all this crap she believes. You can't talk her out of it. I've tried with tears running down my cheeks. Benny Polan, respected everywhere, Benny Polan tried. Benny had it on his mind to marry her, she don't go for it, Benny spent maybe thousands sending her to head-shrinkers. Even the famous one, the one can only speak German, boy, did he throw in the towel. You can't talk her out of these" — he made a fist, as though to crush an intangible enemy — "ideas. Try it sometime. Get her to tell you some of the stuff she believes. Mind you," he said, "I like the kid. Everybody does, but there's lots that don't. I do. I sincerely like the kid. I'm sensitive, that's why. You've got to be sensitive to appreciate her : a streak of the poet. But I'll tell you the truth. You can beat your brains out for her, and she'll hand you horseshit on a platter. To give an example — who is she like you see her today? She's strictly a girl you'll read where she ends up at the bottom of a bottle of Seconals. I've seen it happen more times than you've got toes : and those kids, they weren't even nuts. She's nuts."

— L'idée ne m'en serait pas venue.

— Vous vous trompez, c'est une frimeuse mais, d'un autre côté, vous avez raison. C'est pas une frimeuse parce que c'est une *vraie* frimeuse. Elle y croit dur comme fer, à ses bobards. Pas moyen de les lui sortir du crâne. J'ai essayé jusqu'à en chialer. Benny Polan, qu'on respecte partout, Benny Polan a essayé. Benny, il avait dans l'idée de l'épouser, elle voulait rien savoir. Benny a claqué peut-être des milliers de dollars pour l'envoyer à des psy. Même le plus célèbre, celui qui cause qu'allemand. Bon Dieu, il a fini par jeter l'éponge. Pas moyen de lui extirper de la tête ces… (il serra les poings comme pour écraser un ennemi intangible) ces idées. Essayez donc, pour voir. Faites-lui raconter un peu ces trucs qu'elle gobe. Mais attention, hein ? dit-il. Je l'aime bien, cette môme. Tout le monde l'aime mais y en a beaucoup qui l'aiment pas. Moi, si. Moi, elle me botte vraiment. C'est que je suis sensible, moi. Faut être sensible pour l'apprécier, avoir un brin de poésie. Mais je vais vous dire. Vous pouvez vous décarcasser pour elle et elle vous balancera des vraies conneries. Pour vous donner un exemple : aujourd'hui, vous la voyez comment ? C'est strictement le genre de fille dont vous lirez qu'elle a fini au fond d'un flacon de somnifères. Ça, je l'ai vu arriver des dizaines de fois : et ces mômes-là, elles étaient même pas dingues. Elle, oui, elle est dingue.

"But young. And with a great deal of youth ahead of her."

"If you mean future, you're wrong again. Now a couple of years back, out on the Coast, there was a time it could've been different. She had something working for her, she had them interested, she could've really rolled. But when you walk out on a thing like that, you don't walk back. Ask Luise Rainer. And Rainer was a star. Sure, Holly was no star; she never got out of the still department. But that was before *The Story of Dr. Wassell*. Then she could've really rolled. I know, see, cause I'm the guy was giving her the push." He pointed his cigar at himself. "O. J. Berman."

He expected recognition, and I didn't mind obliging him, it was all right by me, except I'd never heard of O. J. Berman. It developed that he was a Hollywood actor's agent.

"I'm the first one saw her. Out at Santa Anita. She's hanging around the track every day. I'm interested: professionally. I find out she's some jock's regular, she's living with the shrimp.

— Mais jeune. Et avec encore pas mal de jeunesse devant elle.

— Si vous parlez de l'avenir, alors là, vous vous gourez encore. Il y a deux ans, là-bas, sur la côte, ç'aurait pu être différent. Elle avait quelque chose pour elle, elle les intéressait, elle aurait vraiment pu faire un malheur. Mais quand on rate une occasion comme ça, on ne fait pas marche arrière. Demandez à Luise Rainer[1]. Et Rainer, c'était une star. D'accord, Holly n'était pas une star ; jamais elle a dépassé la figuration. Mais ça, c'était avant *L'odyssée du Dr Wassell*[2]. Là, elle aurait vraiment pu se lancer. Je le sais, vous pigez, parce que c'est moi le gars qui l'a poussée au cul. » Il pointa son cigare sur lui. « O. J. Berman. »

Il s'attendait à être reconnu et je n'aurais demandé qu'à lui faire plaisir — je n'y voyais pas d'objection, sauf que je n'avais jamais entendu parler de O. J. Berman. Il se trouva qu'il était imprésario à Hollywood.

« Je suis le premier qui l'a repérée, là-bas, à Santa Anita. Elle traîne sur le champ de courses tous les jours. Moi, elle m'intéresse — d'un point de vue professionnel. Je découvre qu'elle est à la colle avec un jockey, elle vit avec ce minable.

---

1. Célèbre actrice de cinéma et de théâtre d'origine autrichienne (Great Ziegfield), qui a joué entre autres dans plusieurs pièces de Brecht.
2. Le film de Cecil B. De Mille est de 1944.

I get the jock told Drop It if he don't want conversation with the vice boys : see, the kid's fifteen. But stylish : she's okay, she comes across. Even when she's wearing glasses *this* thick; even when she opens her mouth and you don't know if she's a hillbilly or an Okie or what. I still don't. My guess, nobody'll ever know where she came from. She's such a goddamn liar, maybe she don't know herself any more. But it took us a year to smooth out that accent. How we did it finally, we gave her French lessons : after she could imitate French, it wasn't so long she could imitate English. We modeled her along the Margaret Sullavan type, but she could pitch some curves of her own, people were interested, big ones, and to top it all, Benny Polan, a respected guy, Benny wants to marry her. An agent could ask for more ? Then wham ! *The Story of Dr. Wassell.* You see that picture ? Cecil B. De Mille. Gary Cooper. Jesus. I kill myself, it's all set : they're going to test her for the part of Dr. Wassell's nurse. One of his nurses, anyway. Then wham ! The phone rings." He picked a telephone out of the air and held it to his ear. "She says, this is Holly, I say honey, you sound far away, she says I'm in New York, I say what the hell are you doing in New York when it's Sunday and you got the test tomorrow ?

Je fais dire au jockey de laisser tomber s'il ne veut pas avoir d'ennuis avec les Mœurs. Vous pigez? La môme a quinze ans mais du style, hein, elle a la classe, elle en jette. Même quand elle porte des verres épais comme *ça*, même quand elle ouvre la bouche et qu'on ne sait pas si c'est une péquenaude, une demeurée ou quoi. J'en sais toujours rien. À mon avis, personne saura jamais d'où elle sort. Elle ment tellement, peut-être qu'elle n'en sait plus rien elle-même. Mais ça nous a pris un an pour lui gommer son accent. Comment on y est arrivés? On lui a donné des leçons de français : une fois qu'elle a su imiter le français, elle a vite su imiter l'anglais. On lui a donné le genre Margaret Sullavan mais elle a plus d'un tour dans son sac; bref, y avait des gens intéressés, des grossiums et, par là-dessus, Benny Polan, un gars respecté, Benny qui veut l'épouser. Qu'est-ce qu'un agent peut demander de plus? Là-dessus, bang! *L'odyssée du Dr Wassell.* Vous avez vu ce film? Cecil B. De Mille. Gary Cooper. Bon Dieu. Je me défonce, tout est prêt : ils vont lui faire faire un bout d'essai pour l'infirmière du Dr Wassell. Enfin, une de ses infirmières. Là-dessus, bang! le téléphone sonne. » Il décrocha un appareil imaginaire et le tint près de son oreille. «Elle dit : ici Holly. Je lui dis : mon chou, tu m'as l'air d'être bien loin; elle dit : je suis à New York; je lui dis : merde, qu'est-ce que tu fiches à New York quand c'est dimanche et que demain t'as ton bout d'essai?…

She says I'm in New York cause I've never been to New York. I say get your ass on a plane and get back here, she says I don't want it. I say what's your angle, doll? She says you got to want it to be good and I don't want it, I say well, what the hell do you want, and she says when I find out you'll be the first to know. See what I mean : horseshit on a platter."

The red cat jumped off its crate and rubbed against his leg. He lifted the cat on the toe of his shoe and gave him a toss, which was hateful of him except he seemed not aware of the cat but merely his own irritableness.

"*This* is what she wants?" he said, flinging out his arms. "A lot of characters they aren't expected? Living off tips. Running around with bums. So maybe she could marry Rusty Trawler? You should pin a medal on her for that?"

He waited, glaring.

"Sorry, I don't know him."

"You don't know Rusty Trawler, you can't know much about the kid. Bad deal," he said, his tongue clucking in his huge head. "I was hoping you maybe had influence. Could level with the kid before it's too late."

"But according to you, it already is."

Elle me dit : je suis à New York parce que j'avais jamais été à New York. Je lui dis : magne-toi, prends l'avion et rapplique en vitesse. Elle me dit : j'ai pas envie ; je lui demande : à quoi tu joues, poupée ? Elle me dit : faut en avoir envie pour réussir et moi, j'ai pas envie ; alors je lui dis : qu'est-ce que tu veux, merde, et elle me dit : quand j'aurai trouvé, tu seras le premier à le savoir. Voyez ce que je veux dire, des vraies conneries. »

Le chat roux sauta de sa caisse et vint se frotter contre la jambe du type. Il souleva le chat du bout de son soulier et l'envoya dinguer, geste odieux de sa part mais qui ne visait pas vraiment le chat et témoignait plutôt de son irritation.

« C'est *ça* qu'elle veut ? dit-il, écartant les bras. Un tas de gonzes sortis d'on ne sait où. Vivre de pourboires. Traîner avec des clodos. Alors qu'elle pourrait peut-être épouser Rusty Trawler ? On devrait lui accrocher une médaille pour ça ? »

Il attendit, l'œil furieux.

« Désolé, je ne le connais pas.

— Vous connaissez pas Rusty Trawler, alors vous pouvez pas en savoir long sur la môme. Sale affaire, dit-il avec un claquement de langue. J'espérais que vous pourriez avoir un peu d'influence sur elle. Remettre la môme sur les rails avant qu'il soit trop tard.

— Mais, d'après vous, il est déjà trop tard. »

He blew a smoke ring, let it fade before he smiled; the smile altered his face, made something gentle happen. "I could get it rolling again. Like I told you," he said, and now it sounded true, "I sincerely like the kid."

"What scandals are you spreading, O. J.?" Holly splashed into the room, a towel more or less wrapped round her and her wet feet dripping footmarks on the floor.

"Just the usual. That you're nuts."

"Fred knows that already."

"But you don't."

"Light me a cigarette, darling," she said, snatching off a bathing cap and shaking her hair. "I don't mean you, O. J. You're such a slob. You always nigger-lip."

She scooped up the cat and swung him onto her shoulder. He perched there with the balance of a bird, his paws tangled in her hair as if it were knitting yarn; and yet, despite these amiable antics, it was a grim cat with a pirate's cutthroat face; one eye was gluey-blind, the other sparkled with dark deeds.

"O. J. is a slob," she told me, taking the cigarette I'd lighted. "But he does know a terrific lot of phone numbers. What's David O. Selznick's number, O. J.?"

"Lay off."

Il souffla un anneau de fumée et le laissa se dissiper avant de sourire, un sourire qui modifia son visage, y fit apparaître une nuance de douceur. «Je pourrais rembrayer avec elle. Comme je vous l'ai dit (et cette fois il avait l'air sincère), je l'aime vraiment bien, cette môme.

— Quels scandales es-tu en train de répandre, O. J.?» Holly entra en pataugeant dans la pièce, plus ou moins drapée dans une serviette, ses pieds humides laissant des traces sur le sol.

«Toujours les mêmes, que t'es givrée.

— Fred le sait déjà.

— Mais toi, non.

— Allume-moi une cigarette, mon chou, dit-elle en arrachant son bonnet de bain et en secouant ses cheveux. Pas toi, O. J. T'es tellement plouc. Tu mouilles toujours le bout.»

Elle cueillit le chat et le balança sur son épaule. Il s'y percha avec l'aisance d'un oiseau, ses pattes plongées dans sa chevelure comme s'il tricotait, et pourtant, en dépit de ces gracieuses démonstrations, c'était un matou à l'air teigneux avec une vraie tête de pirate. Un de ses yeux était bleuâtre, aveugle; dans l'autre luisaient de sombres desseins.

«O. J. est un plouc, me dit-elle en prenant la cigarette que je lui avais allumée, mais il connaît un nombre incroyable de numéros de téléphone. C'est quoi le numéro de David O. Selznick, O. J.?

— Laisse tomber.

"It's not a joke, darling. I want you to call him up and tell him what a genius Fred is. He's written barrels of the most marvelous stories. Well, don't blush, Fred : you didn't say you were a genius, I did. Come on, O. J. What are you going to do to make Fred rich?"

"Suppose you let me settle that with Fred."

"Remember," she said, leaving us, "I'm his agent. Another thing : if I holler, come zipper me up. And if anybody knocks, let them in."

A multitude did. Within the next quarter-hour a stag party had taken over the apartment, several of them in uniform. I counted two Naval officers and an Air Force colonel; but they were outnumbered by graying arrivals beyond draft status. Except for a lack of youth, the guests had no common theme, they seemed strangers among strangers; indeed, each face, on entering, had struggled to conceal dismay at seeing others there. It was as if the hostess had distributed her invitations while zig-zagging through various bars; which was probably the case.

— Sans blague, mon chou. Je voudrais que tu l'appelles et que tu lui dises comme Fred est un génie. Il a écrit des tombereaux d'histoires merveilleuses. Voyons, rougissez pas, Fred. C'est pas vous qui avez dit que vous étiez un génie, c'est moi. Allons, O. J., comment tu vas t'y prendre pour remplir les poches de Fred?

— Et si tu me laissais régler ça moi-même avec Fred?

— Rappelle-toi, dit-elle en nous quittant. Je suis son agent. Encore une chose : si je crie, viens me zipper ma robe. Et si quelqu'un frappe, fais-le entrer. »

Il en vint une flopée. Dans le quart d'heure qui suivit, une troupe d'hommes seuls envahit l'appartement ; certains étaient en uniforme. Je comptai deux officiers de marine et un colonel d'aviation ; mais ils furent surpassés en nombre par des visiteurs grisonnants au-delà de la limite d'enrôlement. À part leur absence de jeunesse, les invités n'avaient rien en commun ; c'étaient des étrangers parmi des étrangers ; en fait, chaque visage, en entrant, luttait pour dissimuler son dépit à la vue des autres. On eût dit que l'hôtesse avait donné ses invitations au hasard de zigzags à travers des bars variés ; ce qui était sans doute le cas.

After the initial frowns, however, they mixed without grumbling, especially O. J. Berman, who avidly exploited the new company to avoid discussing my Hollywood future. I was left abandoned by the bookshelves; of the books there, more than half were about horses, the rest baseball. Pretending an interest in *Horseflesh and How to Tell It*, gave me sufficiently private opportunity for sizing Holly's friends.

Presently one of these became prominent. He was a middle-aged child that had never shed its baby fat, though some gifted tailor had almost succeeded in camouflaging his plump and spankable bottom. There wasn't a suspicion of bone in his body; his face, a zero filled in with pretty miniature features, had an unused, a virginal quality: it was as if he'd been born, then expanded, his skin remaining unlined as a blown-up balloon, and his mouth, though ready for squalls and tantrums, a spoiled sweet puckering. But it was not appearance that singled him out; preserved infants aren't all that rare. It was, rather, his conduct; for he was behaving as though the party were his:

Après les premiers froncements de sourcils, toutefois, ils se mêlèrent les uns aux autres sans rechigner, en particulier O. J. Berman qui tira parti avidement de cette nouvelle compagnie pour éviter de discuter de mon avenir hollywoodien. Je restai abandonné près de la bibliothèque. Parmi les livres alignés sur les étagères, plus de la moitié avaient trait aux chevaux et le reste au base-ball. Feignant de m'intéresser à *Horseflesh and How to Tell It*[1], je disposais d'un isolement suffisant pour jauger les amis de Holly.

Bientôt, l'un d'eux se détacha sur le lot. C'était un enfant entre deux âges qui n'avait jamais éliminé sa graisse de bébé, encore qu'un habile tailleur eût presque réussi à camoufler son postérieur joufflu et fessable. Il n'y avait pas trace d'ossature dans son anatomie. Son visage, un zéro où s'inscrivaient des traits délicats de miniature, avait une qualité virginale et insolite ; il donnait l'impression d'être né, puis de s'être développé, la peau aussi lisse qu'un ballon bien gonflé et la bouche, quoique prête à émettre braillements et vociférations, amollie d'une moue d'enfant gâté. Mais ce n'était pas son apparence qui le singularisait ; les enfants prolongés ne sont pas tellement rares. C'était plutôt son comportement, car il se conduisait comme si la fête était organisée en son honneur.

1. « Le pur-sang et comment le reconnaître ».

95

like an energetic octopus, he was shaking martinis, making introductions, manipulating the phonograph. In fairness, most of his activities were dictated by the hostess herself: *Rusty, would you mind; Rusty, would you please.* If he was in love with her, then clearly he had his jealousy in check. A jealous man might have lost control, watching her as she skimmed around the room, carrying her cat in one hand but leaving the other free to straighten a tie or remove lapel lint; the Air Force colonel wore a medal that came in for quite a polish.

The man's name was Rutherfurd ("Rusty") Trawler. In 1908 he'd lost both his parents, his father the victim of an anarchist and his mother of shock, which double misfortune had made Rusty an orphan, a millionaire, and a celebrity, all at the age of five. He'd been a stand-by of the Sunday supplements ever since, a consequence that had gathered hurricane momentum when, still a schoolboy, he had caused his godfather-custodian to be arrested on charges of sodomy. After that, marriage and divorce sustained his place in the tabloid-sun. His first wife had taken herself, and her alimony, to a rival of Father Divine's. The second wife seems unaccounted for, but the third had sued him in New York State with a full satchel of the kind of testimony that entails.

Tel un poulpe infatigable, il secouait les martinis, faisait les présentations, actionnait le tourne-disques. À vrai dire, ses activités étaient essentiellement dictées par l'hôtesse elle-même : *Rusty, ça ne te ferait rien... Rusty, tu veux bien...* S'il était amoureux d'elle, alors il maîtrisait manifestement sa jalousie. Un homme jaloux aurait pu perdre son sang-froid à la voir voltiger dans la pièce, portant son chat d'une main mais gardant l'autre libre pour rectifier un nœud de cravate ou épousseter un revers ; le colonel d'aviation portait une médaille longuement fourbie.

Ce personnage était Rutherford « Rusty » Trawler. En 1908, il avait perdu ses parents. Son père tué par un anarchiste et sa mère morte sous le choc ; cette double infortune avait fait de Rusty un orphelin, un millionnaire et une célébrité, le tout à l'âge de cinq ans. Depuis, il avait fait les choux gras des suppléments du dimanche, conséquence qui avait acquis une intensité cyclonique lorsque, encore écolier, il avait fait arrêter son tuteur et parrain en l'accusant de sodomie. Ensuite, mariage et divorce l'avaient maintenu en place dans les colonnes des potins. Sa première femme s'était donnée, avec sa pension alimentaire, à un rival de Father Divine. La seconde semble quantité négligeable mais la troisième l'avait poursuivi en justice à New York avec une pleine valise de témoignages lourds de conséquences.

He himself divorced the last Mrs. Trawler, his principal complaint stating that she'd started a mutiny aboard his yacht, said mutiny resulting in his being deposited on the Dry Tortugas. Though he'd been a bachelor since, apparently before the war he'd proposed to Unity Mitford, at least he was supposed to have sent her a cable offering to marry her if Hitler didn't. This was said to be the reason Winchell always referred to him as a Nazi; that, and the fact that he attended rallies in Yorkville.

I was not told these things. I read them in *The Baseball Guide*, another selection off Holly's shelf which she seemed to use for a scrapbook. Tucked between the pages were Sunday features, together with scissored snippings from gossip columns. *Rusty Trawler and Holly Golightly two-on-the-aisle at "One Touch of Venus" preem.* Holly came up from behind, and caught me reading: *Miss Holiday Golightly, of the Boston Golightlys, making every day a holiday for the 24-karat Rusty Trawler.*

"Admiring my publicity, or are you just a baseball fan?" she said, adjusting her dark glasses as she glanced over my shoulder.

I said, "What was this week's weather report?"

Il avait lui-même divorcé de la dernière Mme Trawler, son grief principal spécifiant qu'elle avait déclenché une mutinerie à bord de son yacht, laquelle mutinerie avait eu pour résultat de le débarquer sur les Dry Tortugas[1]. Bien que, depuis, il fût resté célibataire, il avait apparemment, avant la guerre, proposé le mariage à Unity Mitford, du moins était-il censé lui avoir envoyé un télégramme lui proposant de l'épouser au cas où Hitler ne se déciderait pas. C'était, disait-on, la raison pour laquelle Winchell persistait à le traiter de nazi ; cela et le fait qu'il suivait les rallyes de Yorkville.

On ne m'avait pas raconté ces histoires, je les lus dans *Le Guide du Base-ball*, un autre spécimen tiré de la bibliothèque de Holly et qu'elle semblait utiliser en guise d'album de souvenirs. Glissés entre les pages se trouvaient des extraits de la presse du dimanche et des échos découpés dans les colonnes de potins. *Rusty Trawler et Holly Golightly en amoureux à la première de « One Touch of Venus »*. Holly, arrivée derrière moi, me surprit à lire : *Mlle Holiday Golightly, des Golightly de Boston, fait de chaque journée une fête pour Rusty « 24-Carats » Trawler.*

« Vous admirez ma publicité ou vous êtes un fan de base-ball ? » demanda-t-elle en ajustant ses lunettes noires, penchée par-dessus mon épaule.

Je lui demandai : « Quel est le bulletin météo de la semaine ? »

1. Îles au large de Key West.

She winked at me, but it was humorless: a wink of warning. "I'm all for horses, but I loathe baseball," she said, and the sub-message in her voice was saying she wished me to forget she'd ever mentioned Sally Tomato. "I hate the sound of it on a radio, but I have to listen, it's part of my research. There're so few things men can talk about. If a man doesn't like baseball, then he must like horses, and if he doesn't like either of them, well, I'm in trouble anyway: he don't like girls. And how are you making out with O. J.?"

"We've separated by mutual agreement."

"He's an opportunity, believe me."

"I do believe you. But what have I to offer that would strike him as an opportunity?"

She persisted. "Go over there and make him think he isn't funny-looking. He really can help you, Fred."

"I understand you weren't too appreciative." She seemed puzzled until I said: "*The Story of Doctor Wassell.*"

"He's still harping?" she said, and cast across the room an affectionate look at Berman. "But he's got a point, I *should* feel guilty. Not because they would have given me the part or because I would have been good: they wouldn't and I wouldn't.

Elle me décocha un clin d'œil, mais sans gaieté. C'était plutôt un avertissement : «J'aime beaucoup les chevaux mais je vomis le base-ball», dit-elle, et le message entendu dans sa voix me priait d'oublier qu'elle avait jamais fait la moindre allusion à Sally Tomato. «Rien que d'entendre un match à la radio me dégoûte, mais il faut bien que j'écoute, ça fait partie de mes études. Les hommes ont si peu de sujets de conversation. Si un homme n'aime pas le base-ball, alors il doit aimer les chevaux, et s'il n'aime ni l'un ni l'autre, je suis dans le pétrin, il n'aime pas les filles non plus. Et vous en êtes où, avec O. J.?

— Nous nous sommes séparés par consentement mutuel.

— Il pourrait être une chance pour vous, croyez-moi.

— Je vous crois, mais qu'est-ce que je peux offrir qui représente une chance pour lui?»

Elle persista : «Allez le trouver et faites-lui comprendre qu'il n'est pas un clown. Il peut vous donner un coup de main, Fred.

— Si je comprends bien, vous n'en faisiez pas grand cas.» Elle parut interloquée jusqu'à ce que j'ajoute : «*L'odyssée du Dr Wassell.*

— Ça le travaille encore? dit-elle, et elle lança à travers la pièce un coup d'œil affectueux sur Berman. Mais il n'a pas tort. Je *devrais* me sentir coupable. Pas parce qu'ils m'auraient donné le rôle ou parce que j'aurais été bonne. Dans les deux cas, c'est non.

If I do feel guilty, I guess it's because I let him go on dreaming when I wasn't dreaming a bit. I was just vamping for time to make a few self-improvements : I knew damn well I'd never be a movie star. It's too hard; and if you're intelligent, it's too embarrassing. My complexes aren't inferior enough : being a movie star and having a big fat ego are supposed to go hand-in-hand; actually, it's essential not to have any ego at all. I don't mean I'd mind being rich and famous. That's very much on my schedule, and someday I'll try to get around to it; but if it happens, I'd like to have my ego tagging along. I want to still be me when I wake up one fine morning and have breakfast at Tiffany's. You need a glass," she said, noticing my empty hands. "Rusty! Will you bring my friend a drink?"

She was still hugging the cat. "Poor slob," she said, tickling his head, "poor slob without a name. It's a little inconvenient, his not having a name. But I haven't any right to give him one : he'll have to wait until he *belongs* to somebody. We just sort of took up by the river one day, we don't belong to each other : he's an independant, and so am I. I don't want to own anything until I know I've found the place where me and things belong together.

Si je me sens coupable, je crois que c'est parce que je l'ai laissé rêver alors que moi, je ne rêvais pas du tout. Je me contentais de gagner du temps pour m'améliorer. Bon sang, je savais bien que je ne serais jamais une star de cinéma. C'est trop dur. Et si vous êtes intelligent, c'est trop embarrassant. J'ai pas assez de complexes d'infériorité : être une vedette et avoir un ego gros comme une maison, c'est censé aller de pair ; à vrai dire, c'est essentiel de ne pas avoir d'ego du tout. Je ne veux pas dire que ça me gênerait d'être riche et célèbre. Ça fait partie de mon programme et, un jour ou l'autre, j'essaierai de le réaliser ; mais si j'y arrive, j'aimerais que mon ego suive le mouvement. Je veux encore être moi-même quand je me réveillerai un beau matin et prendrai mon petit déjeuner chez Tiffany. Vous n'avez rien à boire ? dit-elle, remarquant mes mains vides. Rusty, tu veux pas apporter un verre à mon ami ? »

Elle tenait toujours son chat. « Pauvre cloche, dit-elle en lui grattant la tête. Pauvre cloche sans nom. C'est un peu embêtant qu'il n'ait pas de nom, mais je n'ai pas le droit de lui en donner un, il faudra qu'il attende jusqu'à ce qu'il *appartienne* à quelqu'un. On s'est juste rencontrés un jour, près de la rivière, mais on n'appartient pas l'un à l'autre : il est indépendant et moi aussi. Je ne veux rien posséder jusqu'au jour où je saurai que j'ai trouvé l'endroit où je me sentirai vraiment chez moi.

I'm not quite sure where that is just yet. But I know what it's like." She smiled, and let the cat drop to the floor. "It's like Tiffany's," she said. "Not that I give a hoot about jewelry. Diamonds, yes. But it's tacky to wear diamonds before you're forty; and even that's risky. They only look right on the really old girls. Maria Ouspenskaya. Wrinkles and bones, white hair and diamonds : I can't wait. But that's not why I'm mad about Tiffany's. Listen. You know those days when you've got the mean reds?"

"Same as the blues?"

"No," she said slowly. "No, the blues are because you're getting fat or maybe it's been raining too long. You're sad, that's all. But the mean reds are horrible. You're afraid and you sweat like hell, but you don't know what you're afraid of. Except something bad is going to happen, only you don't know what it is. You've had that feeling?"

"Quite often. Some people call it *angst*."

"All right. *Angst*. But what do you do about it?"

"Well, a drink helps."

"I've tried that. I've tried aspirin, too. Rusty thinks I should smoke marijuana, and I did for a while,

Je ne sais pas encore trop où c'est mais je sais à quoi ça ressemble.» Elle sourit et laissa glisser le chat sur le sol. «C'est comme chez Tiffany, reprit-elle. Non que les bijoux me fassent bicher. Les diamants, oui. Seulement, ça la fiche mal de porter des diamants avant quarante ans ; et même encore, c'est risqué. Ça ne va qu'aux nanas vraiment vieilles. Maria Ouspenskaïa. Des rides, des os, des cheveux blancs et des diams. Je peux pas attendre. Mais ce n'est pas pour ça que Tiffany me rend dingue. Écoutez un peu. Vous savez, ces journées où on a la boule ?

— C'est comme le cafard ?

— Non, dit-elle avec lenteur. Le cafard, c'est parce que vous engraissez ou que, peut-être, il pleut depuis trop longtemps. Vous êtes triste, c'est tout. Mais avoir la boule, c'est affreux. Vous avez peur, vous transpirez comme un bœuf mais vous ne savez pas de quoi vous avez peur. Sauf qu'il va arriver un désastre, mais vous ne savez pas quoi. Vous avez déjà connu ça ?

— Très souvent. Il y a des gens qui appellent ça *Angst*[1].

— D'accord. *Angst*. Mais qu'est-ce que vous faites, dans ce cas-là ?

— Eh bien, un verre peut être utile.

— J'ai essayé. J'ai essayé l'aspirine aussi. Rusty pense que je devrais fumer de la marijuana et je m'y suis mise pendant un bout de temps.

---

1. Angoisse, en allemand.

but it only makes me giggle. What I've found does the most good is just to get into a taxi and go to Tiffany's. It calms me down right away, the quietness and the proud look of it; nothing very bad could happen to you there, not with those kind men in their nice suits, and that lovely smell of silver and alligator wallets. If I could find a real-life place that made me feel like Tiffany's, then I'd buy some furniture and give the cat a name. I've thought maybe after the war, Fred and I —" She pushed up her dark glasses, and her eyes, the differing colors of them, the grays and wisps of blue and green, had taken on a far-seeing sharpness. "I went to Mexico once. It's a wonderful country for raising horses. I saw one place near the sea. Fred's good with horses."

Rusty Trawler came carrying a martini; he handed it over without looking at me. "I'm hungry," he announced, and his voice, retarded as the rest of him, produced an unnerving brat-whine that seemed to blame Holly. "It's seven-thirty, and I'm hungry. You know what the doctor said."

"Yes, Rusty. I know what the doctor said."

"Well, then break it up. Let's go."

"I want you to behave, Rusty."

Mais ça me fait seulement glousser. J'ai découvert que le mieux, pour moi, c'était de sauter dans un taxi et d'aller chez Tiffany. Ça me calme tout de suite : cette tranquillité, ce cadre. Il ne peut rien vous arriver de mal, là-bas, pas avec tous ces types charmants dans leurs jolis costumes ; et cette merveilleuse odeur d'argenterie et de portefeuilles en alligator. Si je pouvais trouver dans la réalité un endroit qui me ferait le même effet que Tiffany, j'achèterais des meubles et je donnerais un nom au chat. J'ai pensé que peut-être, après la guerre, Fred et moi... » Elle releva ses lunettes noires ; ses yeux, avec leurs couleurs changeantes, les gris, les touches de bleu et de vert, avaient pris l'acuité d'un regard fixé dans le lointain. « Je suis allée au Mexique, une fois. C'est un pays merveilleux pour l'élevage des chevaux. J'ai vu un endroit au bord de la mer. Fred, il s'y connaît drôlement en chevaux. »

Rusty Trawler arriva, apportant un martini. Il le tendit sans me regarder. « J'ai faim », annonça-t-il, et sa voix, aussi retardée chez lui que le reste, émit une sorte de couinement de bébé crispant, qui semblait blâmer Holly. « Il est sept heures et demie et j'ai faim. Tu sais ce qu'a dit le docteur ?

— Oui, Rusty. Je sais ce qu'a dit le docteur.

— Alors, arrête les frais et partons.

— Je veux que tu te tiennes bien, Rusty. »

She spoke softly, but there was a governess threat of punishment in her tone that caused an odd flush of pleasure, of gratitude, to pink his face.

"You don't love me," he complained, as though they were alone.

"Nobody loves naughtiness."

Obviously she'd said what he wanted to hear; it appeared to both excite and relax him. Still he continued, as though it were a ritual: "Do you love me?"

She patted him. "Tend to your chores, Rusty. And when I'm ready, we'll go eat wherever you want."

"Chinatown?"

"But that doesn't mean sweet and sour spare-ribs. You know what the doctor said."

As he returned to his duties with a satisfied waddle, I couldn't resist reminding her that she hadn't answered his question. "*Do* you love him?"

"I told you: you can make yourself love anybody. Besides, he had a stinking childhood."

"If it was so stinking, why does he cling to it?"

"Use your head. Can't you see it's just that Rusty feels safer in diapers than he would in a skirt? Which is really the choice, only he's awfully touchy about it.

Elle parlait doucement, mais la menace de punition recelée par son ton impérieux provoqua chez lui une onde étrange de plaisir, de gratitude qui lui mit le rose aux joues.

«Tu ne m'aimes pas, se plaignit-il comme s'ils étaient seuls.

— Personne n'aime qu'on soit vilain.»

Visiblement, elle lui avait dit ce qu'il souhaitait entendre. Il en parut à la fois excité et détendu; cependant, il poursuivit comme s'il s'agissait d'un rituel: «Tu m'aimes?»

Elle lui tapota la main: «Fais ton travail, Rusty. Et quand je serai prête, on ira dîner où tu voudras.

— À Chinatown?

— Mais ça ne signifie pas côtelettes de porc à la sauce aigre-douce. Tu sais ce qu'a dit le docteur.»

Comme il retournait à ses tâches avec un dandinement satisfait, je ne pus résister à l'envie de rappeler à Holly qu'elle n'avait pas répondu à sa question. «Vous l'aimez?

— Je vous l'ai dit, on peut se convaincre d'aimer n'importe qui. D'ailleurs, il a eu une enfance sinistre.

— Si elle était tellement sinistre, pourquoi s'y cramponne-t-il?

— Réfléchissez. Vous ne voyez donc pas que Rusty se sent plus en sécurité dans des langes qu'il le serait avec une jupe? Il n'a pas d'autre choix, seulement il est très chatouilleux là-dessus.

He tried to stab me with a butter knife because I told him to grow up and face the issue, settle down and play house with a nice fatherly truck driver. Meantime, I've got him on my hands; which is okay, he's harmless, he thinks girls are dolls literally."

"Thank God."

"Well, if it were true of most men, I'd hardly be thanking God."

"I meant thank God you're not going to marry Mr. Trawler."

She lifted an eyebrow. "By the way, I'm not pretending I don't know he's rich. Even land in Mexico costs something. Now," she said, motioning me forward, "let's get hold of O. J."

I held back while my mind worked to win a postponement. Then I remembered: "Why *Traveling*?"

"On my card?" she said, disconcerted. "You think it's funny?"

"Not funny. Just provocative."

She shrugged. "After all, how do I know where I'll be living tomorrow? So I told them to put *Traveling*. Anyway, it was a waste of money, ordering those cards. Except I felt I owed it to them to buy some little *some*thing. They're from Tiffany's." She reached for my martini, I hadn't touched it;

110

Il a essayé de me poignarder avec un couteau à beurre parce que je lui avais conseillé de grandir et d'affronter la vérité et de se mettre en ménage avec un gentil, un paternel chauffeur de poids lourds. En attendant, je l'ai sur les bras ; mais ça ne fait rien, il est inoffensif, il prend vraiment les filles pour des poupées.

— Dieu merci.

— Dites donc, si c'était vrai de la plupart des hommes, je ne me vois pas remerciant Dieu.

— Je voulais dire : Dieu merci, vous n'allez pas épouser M. Trawler. »

Elle haussa un sourcil : « À propos, je ne prétends pas ignorer qu'il est riche. Même au Mexique, la terre se paie. Maintenant, dit-elle en me poussant en avant, allons agrafer O. J. »

J'hésitai un instant, tout en réfléchissant au moyen de gagner du temps. Puis je me souvins : « Pourquoi *Voyageuse* ?

— Sur ma carte ? dit-elle, déconcertée. Vous trouvez ça bizarre ?

— Pas bizarre. Provocateur. »

Elle haussa les épaules : « Après tout, comment saurais-je où je vivrai demain ? Alors, je leur ai dit de mettre *Voyageuse*. De toute façon, c'était de l'argent perdu de commander ces cartes. Sauf que je me sentais un peu obligée d'acheter un petit quelque chose. Elles viennent de chez Tiffany. » Elle s'empara de mon martini. Je n'y avais pas touché.

she drained it in two swallows, and took my hand. "Quit stalling. You're going to make friends with O. J."

An occurrence at the door intervened. It was a young woman, and she entered like a wind-rush, a squall of scarves and jangling gold. "H-H-Holly," she said, wagging a finger as she advanced, "you miserable h-h-hoarder. Hogging all these simply r-r-riveting m-m-men!"

She was well over six feet, taller than most men there. They straightened their spines, sucked in their stomachs; there was a general contest to match her swaying height.

Holly said, "What are you doing here?" and her lips were taut as drawn string.

"Why, n-n-nothing, sugar. I've been upstairs working with Yunioshi. Christmas stuff for the *Ba-ba-zaar*. But you sound vexed, sugar?" She scattered a roundabout smile. "You b-b-boys not vexed at me for butting in on your p-p-party?"

Rusty Trawler tittered. He squeezed her arm, as though to admire her muscle, and asked her if she could use a drink.

"I surely could," she said. "Make mine bourbon."

Elle le siffla en deux gorgées et me prit la main :
«Arrêtez de vous défiler. Vous allez faire ami
avec O. J.»

Une certaine agitation se produisit à la porte.
C'était une jeune femme qui entra en coup de
vent dans un tourbillon d'écharpes et de tin-
tements d'or. «H... H... Holly, dit-elle, agitant
l'index tout en avançant, espèce de sale acc...
acc... accapareuse. Monopoliser tous ces h... h...
hommes fascinants.»

Elle dépassait largement un mètre quatre-vingt-
cinq ; plus grande que la plupart des hommes
présents. Ils se cambrèrent sur leurs ergots, ren-
trèrent leur estomac : c'était un défi général pour
affronter sa taille vertigineuse.

«Qu'est-ce que tu fais ici ? demanda Holly, les
lèvres tendues comme une corde à violon.

— Mais, r... r... rien, chérie. J'étais là-haut, je
travaillais avec Yunioshi. Des trucs de Noël pour
le *Ba... Bazaar*[1]. Mais tu as l'air fâchée, chérie ?»
Elle promena sur la pièce un sourire circulaire :
«Vous n'êtes pas fâchés, vous, les ga... les garçons
de me voir débarquer dans votre fi... fiesta ?»

Rusty Trawler émit un gloussement. Il lui saisit
le bras comme pour admirer sa musculature et
lui demanda si elle voulait un verre.

«Pour ça, oui, dit-elle. Un bourbon de préfé-
rence.

1. *Harper's Bazaar*, célèbre magazine de mode.

Holly told her, "There *isn't* any." Whereupon the Air Force colonel suggested he run out for a bottle.

"Oh, I declare, don't let's have a f-f-fuss. I'm happy with ammonia. Holly, honey," she said, slightly shoving her, "don't your bother about me. I can introduce myself." She stooped toward O. J. Berman, who, like many short men in the presence of tall women, had an aspiring mist in his eye. "I'm Mag W-w-wildwood, from Wild-w-w-wood, Arkansas. That's hill country."

It seemed a dance, Berman performing some fancy footwork to prevent his rivals cutting in. He lost her to a quadrille of partners who gobbled up her stammered jokes like popcorn tossed to pigeons. It was a comprehensible success. She was a triumph over ugliness, so often more beguiling than real beauty, if only because it contains paradox. In this case, as opposed to the scrupulous method of plain good taste and scientific grooming, the trick had been worked by exaggerating defects; she'd made them ornamental by admitting them boldly. Heels that emphasized her height, so steep her ankles trembled; a flat tight bodice that indicated she could go to a beach in bathing trunks;

— Il n'y en a *pas*», déclara Holly. Sur quoi, le colonel d'aviation se proposa pour courir en chercher.

«Oh, mais voyons, ne faisons pas de ch… ch… chichis. Je me contenterai d'ammoniaque. Holly, mon ange, dit-elle en l'écartant légèrement, ne t'occupe pas de moi. Je peux me présenter toute seule.» Elle se pencha sur O. J. Berman qui, comme bien des hommes petits en face de géantes, avait l'œil embrumé d'envie. «Je suis Mag W… W… Wildwood, de Wild…w…wood, Arkansas. En pleine brousse.»

C'était comme une danse, Berman exécutant certains pas alambiqués pour empêcher ses rivaux de lui couper l'herbe sous le pied. Il la perdit au bénéfice d'un quatuor de loustics qui gobaient ses bégayantes facéties comme du pop-corn lancé aux pigeons. Ce succès était compréhensible. Elle représentait une victoire sur la laideur, si souvent plus séduisante que la beauté véritable, ne fût-ce que par le paradoxe qui l'accompagne. Dans ce cas, en tant qu'opposé à la méthode scrupuleuse du simple bon goût et d'une mise en valeur scientifique, le tour était joué grâce à l'exagération des défauts ; elle les avait mués en avantages en les admettant hardiment. Des talons qui la grandissaient encore, si hauts que ses chevilles en tremblaient, un corsage moulant et plat indiquant qu'elle pouvait se promener sur une plage en culotte de bain ;

115

hair that was pulled straight back, accentuating the sparseness, the starvation of her fashion-model face. Even the stutter, certainly genuine but still a bit laid on, had been turned to advantage. It was the master stroke, that stutter; for it contrived to make her banalities sound somehow original, and secondly, despite her tallness, her assurance, it served to inspire in male listeners a protective feeling. To illustrate: Berman had to be pounded on the back because she said, "Who can tell me w-w-where is the j-j-john?"; then completing the cycle, he offered an arm to guide her himself.

"That," said Holly, "won't be necessary. She's been here before. She knows where it is." She was emptying ashtrays, and after Mag Wildwood had left the room, she emptied another, then said, sighed rather: "It's really very sad." She paused long enough to calculate the number of inquiring expressions; it was sufficient. "And so mysterious. You'd think it would show more. But heaven knows, she *looks* healthy. So, well, *clean*. That's the extraordinary part. Wouldn't you," she asked with concern, but of no one in particular, "wouldn't you say she *looked* clean?"

Someone coughed, several swallowed. A Naval officer, who had been holding Mag Wildwood's drink, put it down.

des cheveux tirés en arrière qui accentuaient la nudité, l'émaciation de son visage de mannequin. Même son bégaiement, à coup sûr authentique mais légèrement poussé, avait été tourné à son avantage. C'était un coup de maître, ce bégaiement, car il contribuait à donner un tour original à ses banalités, et de plus, en dépit de sa taille, de son assurance, il servait à inspirer à ses interlocuteurs un sentiment protecteur. À titre d'illustration : il fallut taper dans le dos de Berman parce qu'elle avait dit : « Qui peut me d… d… dire où s… s… sont les ch… ch… chiottes ? » ; puis, dans une complète volte-face, il lui offrit le bras pour la conduire lui-même.

« Ce ne sera pas nécessaire, dit Holly. Elle est déjà venue ici. Elle sait où c'est. » Elle était en train de vider des cendriers, et quand Mag Wildwood eut quitté la pièce, elle en vida encore un et dit, ou plutôt soupira : « C'est vraiment très triste. » Elle se tut assez longtemps pour évaluer le nombre des expressions intriguées ; il y en avait suffisamment. « Et si mystérieux. On pourrait croire que ça se verrait davantage. Mais, Dieu sait, elle a l'air en bonne santé. Enfin, disons saine. C'est son côté extraordinaire. Est-ce qu'on ne dirait pas, s'enquit-elle d'un ton soucieux mais sans s'adresser à quiconque en particulier, est-ce qu'on ne dirait pas qu'elle a l'air saine ? »

Quelqu'un toussa, plusieurs déglutirent. Un officier de marine qui tenait le verre de Mag Wildwood le reposa.

"But then," said Holly, "I hear so many of these Southern girls have the same trouble." She shuddered delicately, and went to the kitchen for more ice.

Mag Wildwood couldn't understand it, the abrupt absence of warmth on her return; the conversations she began behaved like green logs, they fumed but would not fire. More unforgivably, people were leaving without taking her telephone number. The Air Force colonel decamped while her back was turned, and this was the straw too much: he'd asked her to dinner. Suddenly she was blind. And since gin to artifice bears the same relation as tears to mascara, her attractions at once dissembled. She took it out on everyone. She called her hostess a Hollywood degenerate. She invited a man in his fifties to fight. She told Berman, Hitler was right. She exhilarated Rusty Trawler by stiff-arming him into a corner. "You know what's going to happen to you?" she said, with no hint of a stutter. "I'm going to march you over to the zoo and feed you to the yak." He looked altogether willing, but she disappointed him by sliding to the floor, where she sat humming.

"You're a bore. Get up from there," Holly said, stretching on a pair of gloves.

«Mais après tout, dit Holly, il paraît que beaucoup de ces filles du Sud ont le même problème.» Elle frissonna délicatement et partit chercher de la glace dans la cuisine.

Mag Wildwood ne parvenait pas à comprendre l'abrupte absence de chaleur qui l'accueillit à son retour. Les conversations qu'elle amorçait faisaient long feu comme des bûches de bois vert. Plus impardonnable encore, les gens s'en allaient sans lui demander son numéro de téléphone. Le colonel d'aviation décampa pendant qu'elle avait le dos tourné. Ce fut la goutte d'eau qui fait déborder le vase. Il l'avait invitée à dîner. Soudain, elle fut complètement saoule. Et comme le gin est aux artifices ce que les larmes sont au rimmel, ses attraits se décomposèrent d'un seul coup. Elle s'en prit à tout le monde. Elle traita son hôtesse de dégénérée hollywoodienne. Elle invita un quinquagénaire à se battre avec elle. Elle déclara à Berman que Hitler avait raison. Elle ravit Rusty Trawler en le traînant de force dans un coin. «Tu sais ce qui va t'arriver, toi? dit-elle sans le moindre bégaiement. Je vais te traîner droit au zoo et te jeter à bouffer au yak.» Il avait l'air enchanté mais elle déçut son attente en glissant sur le sol où elle s'assit en fredonnant.

«Tu es une emmerdeuse, lève-toi de là, dit Holly en enfilant une paire de gants.

The remnants of the party were waiting at the door, and when the bore didn't budge Holly cast me an apologetic glance. "Be an angel, would you, Fred? Put her in a taxi. She lives at the Winslow."

"Don't. Live Barbizon. Regent 4-5700. Ask for Mag Wildwood."

"You *are* an angel, Fred."

They were gone. The prospect of steering an Amazon into a taxi obliterated whatever resentment I felt. But she solved the problem herself. Rising on her own steam, she stared down at me with a lurching loftiness. She said, "Let's go Stork. Catch lucky balloon," and fell full-length like an axed oak. My first thought was to run for a doctor. But examination proved her pulse fine and her breathing regular. She was simply asleep. After finding a pillow for her head, I left her to enjoy it.

The following afternoon I collided with Holly on the stairs. "*You*" she said, hurrying past with a package from the druggist. "There she is, on the verge of pneumonia. A hang-over out to here. And the mean reds on top of it."

Le dernier carré des invités attendait à la porte et, comme l'emmerdeuse ne bougeait pas, Holly me lança un coup d'œil contrit. «Soyez un ange, voulez-vous, Fred? Mettez-la dans un taxi. Elle habite au Winslow.

— Mais non. Au Barbizon. Regent 4-5700. Demandez Mag Wildwood.

— Fred, vous *êtes* un ange.»

Tout le monde était parti. La perspective d'enfourner une amazone dans un taxi effaça le ressentiment que je pouvais éprouver. Mais elle résolut le problème elle-même. Se relevant de son propre chef, elle me toisa avec une condescendance précaire: «Si on allait au Stork[1], dit-elle, gagner des ballons de la chance», et elle s'abattit de tout son long comme un chêne sous la hache. Ma première idée fut de courir à la recherche d'un docteur. Mais à l'examen son pouls était bon et son souffle régulier. Elle dormait, simplement. Après lui avoir trouvé un oreiller pour sa tête, je la laissai récupérer tout son saoul.

L'après-midi suivant, je me cognai à Holly dans l'escalier. «*Vous*! fit-elle, passant en hâte avec un paquet venant de chez le pharmacien. Alors, la voilà au bord de la pneumonie. Avec une gueule de bois et la boule par-dessus le marché.»

---

1. Night-club new-yorkais très chic.

I gathered from this that Mag Wildwood was still in the apartment, but she gave me no chance to explore her surprising sympathy. Over the weekend, mystery deepened. First, there was the Latin who came to my door : mistakenly, for he was inquiring after Miss Wildwood. It took a while to correct his error, our accents seemed mutually incoherent, but by the time we had I was charmed. He'd been put together with care, his brown head and bullfighter's figure had an exactness, a perfection, like an apple, an orange, something nature has made just right. Added to this, as decoration, were an English suit and a brisk cologne and, what is still more unlatin, a bashful manner. The second event of the day involved him again. It was toward evening, and I saw him on my way out to dinner. He was arriving in a taxi; the driver helped him totter into the house with a load of suitcases. That gave me something to chew on : by Sunday my jaws were quite tired.

Then the picture became both darker and clearer.

Sunday was an Indian summer day, the sun was strong, my window was open, and I heard voices on the fire escape. Holly and Mag were sprawled there on a blanket, the cat between them.

J'en conclus que Mag Wildwood était toujours dans l'appartement, mais elle ne me donna pas l'occasion d'approfondir sa surprenante sympathie. Au cours du week-end, le mystère s'épaissit. Tout d'abord, il y eut le Latin qui vint sonner à ma porte : par erreur, car il venait s'enquérir de Mlle Wildwood. Il me fallut un moment pour le détromper, nos accents se révélant d'une incohérence réciproque mais, le temps d'y parvenir, j'étais sous le charme. Il donnait l'impression d'avoir été assemblé avec soin, sa tête brune et sa silhouette de torero possédant une précision, une perfection — comme une pomme, une orange, une création achevée de la nature. S'ajoutaient à cela, à titre décoratif, un complet très anglais, une eau de Cologne allègre et, moins latin encore, un maintien modeste. Le second événement de la journée le concernait aussi. C'était aux approches du soir et je le vis alors que je me préparais à sortir dîner. Il arrivait dans un taxi. Le chauffeur l'aida à entrer en titubant dans la maison, surchargé de valises. Ce qui me donna matière à ruminer. Le dimanche, j'en avais les mâchoires épuisées.

Puis le tableau devint à la fois plus sombre et plus clair.

Ce dimanche était une journée d'été indien, le soleil était fort, ma fenêtre ouverte et j'entendis des voix sur l'escalier de secours. Holly et Mag y étaient vautrées sur une couverture, avec le chat entre elles.

Their hair, newly washed, hung lankly. They were busy, Holly varnishing her toenails, Mag knitting on a sweater. Mag was speaking.

"If you ask me, I think you're l-l-lucky. At least there's one thing you can say for Rusty. He's an American."

"Bully for him."

"*Sugar.* There's a war on."

"And when it's over, you've seen the last of me, boy."

"I don't feel that way. I'm p-p-proud of my country. The men in my family were great soldiers. There's a statue of Papadaddy Wildwood smack in the center of Wildwood."

"Fred's a soldier," said Holly. "But I doubt if he'll ever be a statue. Could be. They say the more stupid you are the braver. He's pretty stupid."

"Fred's that boy upstairs? I didn't realize he was a soldier. But he *does* look stupid."

"Yearning. Not stupid. He wants awfully to be on the inside staring out: anybody with their nose pressed against a glass is liable to look stupid. Anyhow, he's a different Fred. Fred's my brother."

"You call your own f-f-flesh and b-b-blood stupid?"

"If he is he is."

"Well, it's poor taste to say so.

Leurs cheveux frais lavés pendaient mollement. Elles étaient très occupées, Holly à se vernir les ongles des pieds, Mag à tricoter un pull-over. C'était Mag qui parlait.

« Si tu veux mon avis, tu as une sacrée v... v... veine. Rusty a au moins une qualité. Il est américain.

— Grand bien lui fasse.

— *Chérie*, on est en guerre.

— Et quand elle sera finie, tu ne seras pas près de me revoir, bon sang.

— Je ne suis pas d'accord. Moi, je suis fière de mon pays. Les hommes de ma famille étaient de grands soldats. Il y a une statue de grand-papa Wildwood plantée au beau milieu de Wildwood.

— Fred est soldat, dit Holly, mais je doute qu'il ait jamais une statue. On ne sait jamais. Il paraît que, plus on est bête, plus on est brave. Et il est assez stupide.

— Fred, le type du dessus ? Je m'étais pas rendu compte qu'il était soldat. Mais il a effectivement l'air stupide.

— Curieux de savoir. Pas stupide. Il meurt d'envie d'être en dedans pour regarder au-dehors. N'importe qui, avec le nez écrasé contre la vitre, risque d'avoir l'air idiot. De toute façon, c'est un autre Fred. Fred, c'est mon frère.

— Tu traites quelqu'un de ta ch... ch... chair et de ton s... s... sang d'idiot ?

— S'il l'est, il l'est.

— Eh bien, c'est de mauvais goût, de dire ça.

A boy that's fighting for you and me and all of us."

"What is this : a bond rally?"

"I just want you to know where I stand. I appreciate a joke, but underneath I'm a s-s-serious person. Proud to be an American. That's why I'm sorry about José." She put down her knitting needles. "You *do* think he's terribly good-looking, don't you?" Holly said Hmm, and swiped the cat's whiskers with her lacquer brush. "If only I could get used to the idea of m-m-marrying a Brazilian. And *being* a B-b-brazilian myself. It's such a canyon to cross. Six thousand miles, and not knowing the language —"

"Go to Berlitz."

"Why on earth would they be teaching P-p-portuguese? It isn't as though anyone spoke it. No, my only chance is to try and make José forget politics and become an American. It's such a useless thing for a man to want to be : the p-p-president of *Brazil*." She sighed and picked up her knitting. "I must be madly in love. You saw us together. Do you think I'm madly in love?"

"Well. Does he bite?"

Mag dropped a stitch. "Bite?"

"You. In bed."

"Why, no. *Should* he?" Then she added, censoriously : "But he does laugh."

126

Un garçon qui se bat pour toi et moi, pour nous tous.

— C'est quoi, ça : une campagne pour les bons de la défense ?

— Je veux simplement que tu connaisses ma position. J'aime bien les plaisanteries mais, dans le fond, je suis une fille s... s... sérieuse. Fière d'être américaine. C'est pour ça que je suis triste pour José. » Elle posa ses aiguilles à tricoter. « Tu le trouves drôlement beau, non ? » Holly fit « Hum » et effleura de son pinceau à vernis les moustaches du chat. « Si seulement je pouvais me faire à l'idée d'ép... ép... épouser un Brésilien. Et d'être brésilienne moi-même... Tu parles d'un fossé à traverser. Dix mille kilomètres et sans savoir un mot de la langue...

— Va chez Berlitz.

— Bon sang, pourquoi veux-tu qu'ils enseignent le p... p... portugais ? Ce n'est pas comme si on le parlait. Non, ma seule chance, c'est d'essayer de faire oublier à José sa politique pour devenir américain. À quoi ça sert cette envie de devenir... le p... p... président du Brésil... » Elle soupira et ramassa son tricot. « Je dois vraiment être folle de lui. Tu nous as vus ensemble. Tu crois que je suis folle de lui ?

— Voyons... Est-ce qu'il mord ? »

Mag laissa filer une maille : « S'il mord ?

— Oui. Toi. Au lit.

— Ah, non ! Il devrait ? » Puis elle ajouta d'un ton sévère : « Mais il rit.

"Good. That's the right spirit. I like a man who sees the humor; most of them, they're all pant and puff."

Mag withdrew her complaint; she accepted the comment as flattery reflecting on herself. "Yes. I suppose."

"Okay. He doesn't bite. He laughs. What else?"

Mag counted up her dropped stitch and began again, knit, purl, purl.

"I said —"

"I heard you. And it isn't that I don't want to tell you. But it's so difficult to remember. I don't d-d-dwell on these things. The way you seem to. They go out of my head like a dream. I'm sure that's the n-n-normal attitude."

"It may be normal, darling; but I'd rather be natural." Holly paused in the process of reddening the rest of the cat's whiskers. "Listen. If you can't remember, try leaving the lights on."

"Please understand me, Holly. I'm a very-very-very *conventional* person."

"Oh, balls. What's wrong with a decent look at a guy you like? Men are beautiful, a lot of them are, José is, and if you don't even want to *look* at him, well, I'd say he's getting a pretty cold plate of macaroni."

"L-l-lower your voice."

— Parfait. Il a raison. Ça me plaît un homme qui voit l'humour de la chose. Presque tous, ils se contentent de haleter et de souffler. »

Mag revint sur son grief ; elle acceptait le commentaire comme un compliment à son adresse. « Oui, je suppose.

— Bon. Il ne mord pas. Il rit. Quoi d'autre ? »

Mag compta sa maille perdue et se remit à tricoter, maille à maille.

« Je disais…

— Je t'ai entendue. Et c'est pas que je n'ai pas envie de te le dire, mais c'est si difficile de se souvenir. Je ne pense pas beaucoup à ces choses-là. Pas comme toi, apparemment. Elles me sortent de la tête comme les rêves. Je suis sûre que c'est une attitude n… n… normale.

— C'est peut-être normal, mon chou, mais je préfère le naturel. » Holly interrompit son opération de vernissage des moustaches du chat. « Écoute, si tu ne peux pas te rappeler, essaie de laisser la lumière allumée.

— Je t'en prie, comprends-moi, Holly. Je suis une personne très, très, très *conventionnelle.*

— Oh, foutaises ! Qu'est-ce qu'il y a de mal à regarder un type qui vous plaît ? Les hommes sont beaux, du moins un bon nombre. José l'est et, si tu ne veux même pas le *regarder*, alors, pour moi, tu lui sers une assiette de macaronis froids.

— P… p… parle moins fort.

"You can't possibly be in love with him. Now. Does that answer your question?"

"No. Because I'm not a cold plate of m-m-macaroni. I'm a warm-hearted person. It's the basis of my character."

"Okay. You've got a warm heart. But if I were a man on my way to bed, I'd rather take along a hot-water bottle. It's more tangible."

"You won't hear any squawks out of José," she said complacently, her needles flashing in the sunlight. "What's more, I *am* in love with him. Do you realize I've knitted ten pairs of Argyles in less than three months? And this is the second sweater." She stretched the sweater and tossed it aside. "What's the point, though? Sweaters in Brazil. I ought to be making s-s-sun helmets."

Holly lay back and yawned. "It must be winter sometime."

"It *rains*, that I know. Heat. Rain. J-j-jungles."

"Heat. Jungles. Actually, I'd like that."

"Better you than me."

"Yes," said Holly, with a sleepiness that was not sleepy. "Better me than you."

On Monday, when I went down for the morning mail, the card on Holly's box had been altered,

— Tu ne peux pas être amoureuse de lui. Voilà. Est-ce que ça répond à ta question ?

— Non, parce que je ne suis pas une assiette de m... m... macaronis froids. J'ai le cœur très chaud, moi. C'est la base de mon caractère.

— D'accord, tu as le cœur chaud. Mais si j'étais un homme sur le point de se pieuter, je prendrais plutôt une bouillotte bien chaude. C'est plus tangible.

— Jamais tu n'entendras José se plaindre, dit-elle complaisamment, ses aiguilles étincelant dans le soleil. En plus, je suis *vraiment* amoureuse de lui. Tu te rends compte que je lui ai tricoté dix paires de chaussettes écossaises en moins de trois mois ? Et ça, c'est le second pull-over. » Elle étira son tricot et le posa à côté d'elle. « N'empêche. À quoi ça rime ? Des pull-overs au Brésil. Je ferais mieux de fabriquer des c... c... casques coloniaux. »

Holly se renversa en arrière et bâilla. « Ça doit bien être l'hiver de temps en temps.

— En tout cas il pleut. Ça, je le sais. La chaleur, la pluie, la j... j... jungle.

— La chaleur, la jungle. Ça me plairait bien.

— À toi plus qu'à moi.

— Oui, dit Holly d'un ton faussement endormi. À moi plus qu'à toi, oui. »

Le lundi, quand je descendis chercher le courrier du matin, la carte sur la boîte de Holly avait été modifiée.

a name added : Miss Golightly and Miss Wild-wood were now traveling together. This might have held my interest longer except for a letter in my own mailbox. It was from a small university review to whom I'd sent a story. They liked it ; and, though I must understand they could not afford to pay, they intended to publish. Publish : that meant *print*. Dizzy with excitement is no mere phrase. I had to tell someone : and, taking the stairs two at a time, I pounded on Holly's door.

I didn't trust my voice to tell the news ; as soon as she came to the door, her eyes squinty with sleep, I thrust the letter at her. It seemed as though she'd had time to read sixty pages before she handed it back. "I wouldn't let them do it, not if they don't pay you," she said, yawning. Perhaps my face explained she'd misconstrued, that I'd not wanted advice but congratulations : her mouth shifted from a yawn into a smile. "Oh, I see. It's wonderful. Well, come in," she said. "We'll make a pot of coffee and celebrate. No. I'll get dressed and take you to lunch."

Her bedroom was consistent with her parlor : it perpetuated the same camping-out atmos-phere ; crates and suitcases, everything packed and ready to go, like the belongings of a criminal who feels the law not far behind.

Il y avait un nom ajouté : Mlle Golightly et Mlle Wildwood voyageaient maintenant ensemble. Ce détail aurait pu retenir mon attention plus longtemps si je n'avais trouvé une lettre dans ma propre boîte. Elle venait de la revue d'une petite université à laquelle j'avais envoyé une nouvelle. Elle leur avait plu. Et s'ils me faisaient comprendre qu'ils ne pouvaient pas me la payer, ils avaient l'intention de la publier. La publier. Autrement dit : l'*imprimer*. Tourneboulé d'excitation n'est pas un vain mot. Il fallait que je le dise à quelqu'un. Grimpant l'escalier quatre à quatre, j'allai cogner à la porte de Holly.

Je ne me fiais pas à ma voix pour lui annoncer la nouvelle ; dès qu'elle atteignit la porte, les yeux louchant de sommeil, je lui lançai la lettre. J'eus l'impression qu'elle avait eu le temps de lire soixante pages avant de me la rendre. « Je ne les laisserais pas faire, dit-elle en bâillant. S'ils ne vous paient pas. » Peut-être mon visage lui expliqua-t-il qu'elle faisait fausse route, que je ne voulais pas de conseils mais des félicitations. Sur ses lèvres, le bâillement se mua en sourire. « Oh, je vois. C'est merveilleux. Eh bien, entrez, dit-elle. Nous allons faire un pot de café et fêter ça. Non. Je vais m'habiller et je vous emmène déjeuner. »

Sa chambre à coucher était à l'image de son salon. Elle prolongeait la même atmosphère de camping ; caisses et valises, tout était empaqueté et prêt à partir, comme les affaires d'un criminel qui sent la police à ses trousses.

In the parlor there was no conventional furniture, but the bedroom had the bed itself, a double one at that, and quite flashy : blond wood, tufted satin.

She left the door of the bathroom open, and conversed from there; between the flushing and the brushing, most of what she said was unintelligible, but the gist of it was : she *supposed* I knew Mag Wildwood had moved in, and wasn't that *convenient ?* because if you're going to *have* a room-mate, and she *isn't* a dyke, then the next best thing is a *perfect* fool, which Mag *was*, because then you can dump the lease on them *and* send them out for the laundry.

One could see that Holly had a laundry problem; the room was strewn, like a girl's gymnasium.

"— and you know, she's quite a successful model : isn't that *fan*tastic? But a good thing," she said, hobbling out of the bathroom as she adjusted a garter. "It ought to keep her out of my hair most of the day. And there shouldn't be too much trouble on the man front. She's engaged. Nice guy, too. Though there's a tiny difference in height : I'd say a foot, her favor. Where the hell —" She was on her knees poking under the bed.

1. En 1961, Audrey Hepburn interprète le rôle de Holly Golightly dans l'adaptation du roman de Truman Capote mis en scène par Blake Edwards.

2

« J'aime New York, même s'il n'est pas à moi comme doit l'être n'importe quoi, un arbre, une rue, une maison, enfin quelque chose qui m'appartient parce que je lui appartiens. »

2.   Vue aérienne de Manhattan, 1924.

3.   Down town, Manhattan, juillet 1955.

4

«Elle s'appelle pas Holly. C'était une Lulamae Barnes. C'était, dit-il en faisant rouler le cure-dents dans sa bouche, jusqu'à ce qu'elle se marie avec moi. Je suis son mari. Doc Golightly. Je suis vétérinaire.»

«Je veux encore être moi-même quand je me réveillerai un beau matin et prendrai mon petit déjeuner chez Tiffany.»

4, 5 et 6. Photos du film de Blake Edwards, *Breakfast at Tiffany's*, titre français: *Diamants sur canapé*, 1961.

7

Truman Capote n'apprécia pas l'adaptation cinématographique de son roman. Il disait en riant qu'Audrey Hepburn n'était absolument pas Holly Golightly.
Pourtant le film eut un grand succès et marqua le début de la carrière cinématographique de la jeune actrice.

8

7 et 8. Audrey Hepburn.

9

Comme Lulamae Barnes, Truman Capote vient du Sud et son vrai nom est Truman Streckfus Persons.

9 et 10.   Deux portraits de l'écrivain vers ses vingt-trois ans.

« Jamais l'idée ne me serait venue, à l'époque, d'écrire au sujet de Holly Golightly... »

11.   George Peppard dans le rôle du narrateur.

12

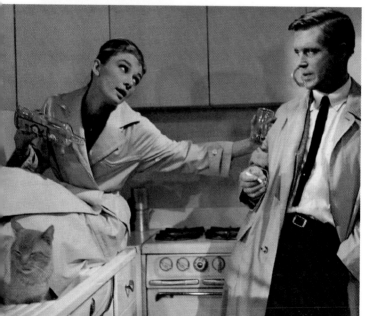

13

«Ces dernières semaines couvrant la fin de l'été et le début d'un autre automne restent floues dans ma mémoire, peut-être parce que notre entente réciproque avait atteint cette suave profondeur où deux êtres communiquent plus souvent dans le silence qu'avec des mots.»

12, 13 et 14.   Photos tirées du film de Blake Edwards.

15

16

17

« Holly Golightly avait été une des locataires de la vieille maison en meulière ; elle occupait l'appartement au-dessous du mien ; quant à Joe Bell, il tenait un bar au coin de Lexington Avenue ; il y est toujours. »

15. Le *Gaslight Poetry Cafe*, Down town, Manhattan.

16. Vue de l'incomparable *skyline* new-yorkais.

17. Une scène du film de Blake Edwards.

18

« [...] c'est l'automne qui m'apparaît comme la saison du commencement, le printemps. [...] Je pensais à l'avenir et parlais du passé. Parce que Holly voulait tout savoir de mon enfance. »

18. Central Park, New York.

19. Une cafétéria du Park en 1942.

19

20. « N'aimez jamais une créature sauvage, monsieur Bell, conseilla Holly.
[...] Mais on ne peut pas donner son cœur à une bête sauvage ; plus on
essaie, plus elle reprend des forces. Jusqu'à ce qu'elle en ait assez pour se
sauver dans les bois, ou pour s'envoler en haut d'un arbre. Puis d'un arbre
plus grand, puis dans le ciel. C'est comme ça que vous finirez, monsieur
Bell. Si vous vous risquez à aimer une bête sauvage. Vous finirez en regardant le ciel. »

Crédits photographiques

1, 9 : Archive Photos-D.R. 2, 3, 16 : AKG Paris. 4, 5, 6, 11, 17, *Couverture* : Cahiers du
Cinéma-D.R. 7, 12, 13, 14 : Cat's Collection-D.R. 8, 10, 15, 19, 20 : Corbis-Bettmann/
Sipa Press. 18 : Keith Collie/AKG Paris.

Dans le salon, il n'y avait pas de mobilier conventionnel mais, dans la chambre à coucher, il y avait le lit, un vaste lit à deux personnes, avec ça, et ultra-voyant : bois blond et satin capitonné.

Elle laissa la porte de la salle de bains ouverte et, de là, poursuivit la conversation entre les ruissellements et les frictionnements. La plupart de ses phrases étaient inintelligibles mais le thème était le suivant : elle *supposait* que je savais que Mag Wildwood s'était installée chez elle et n'était-ce pas bien *pratique*? Parce que si vous devez prendre une colocataire et qu'elle n'est pas une gousse, rien ne vaut une *parfaite* idiote, ce qu'*était* Mag parce qu'on peut alors la charger du loyer et l'envoyer à la blanchisserie.

Il était clair que le blanchissage posait un problème à Holly, la chambre était jonchée de vêtements comme un gymnase de filles.

«... et vous savez, comme mannequin, elle réussit très bien. Ce n'est pas fantastique, mais c'est une bonne chose, dit-elle, sortant de la salle de bains à cloche-pied tandis qu'elle ajustait sa jarretelle. Ça devrait m'éviter de l'avoir dans les pattes presque toute la journée. Et pour ce qui est des hommes, ça devrait bien se passer. Elle est fiancée. À un type sympa, d'ailleurs, quoiqu'il y ait une légère différence de taille, disons trente bons centimètres de plus pour elle. Bon Dieu, où est-ce que... » Elle s'était mise à genoux et explorait le dessous du lit.

After she'd found what she was looking for, a pair of lizard shoes, she had to search for a blouse, a belt, and it was a subject to ponder, how, from such wreckage, she evolved the eventual effect : pampered, calmly immaculate, as though she'd been attended by Cleopatra's maids. She said, "Listen," and cupped her hand under my chin, "I'm glad about the story. Really I am."

That Monday in October, 1943. A beautiful day with the buoyancy of a bird. To start, we had Manhattans at Joe Bell's; and, when he heard of my good luck, champagne cocktails on the house. Later, we wandered toward Fifth Avenue, where there was a parade. The flags in the wind, the thump of military bands and military feet, seemed to have nothing to do with war, but to be, rather, a fanfare arranged in my personal honor.

We ate lunch at the cafeteria in the park. Afterwards, avoiding the zoo (Holly said she couldn't bear to see anything in a cage), we giggled, ran, sang along the paths toward the old wooden boathouse, now gone. Leaves floated on the lake; on the shore, a park-man was fanning a bonfire of them, and the smoke, rising like Indian signals, was the only smudge on the quivering air.

Après avoir trouvé ce qu'elle cherchait, une paire de chaussures en lézard, elle dut se mettre en quête d'un corsage, d'une ceinture, et cela donnait à réfléchir de voir comment, dans un tel capharnaüm, elle obtenait l'effet voulu : pomponnée, sereinement immaculée comme si elle sortait des mains des esclaves de Cléopâtre. Elle dit : «Écoutez», et me prit le menton au creux de sa paume. «Je suis très contente pour votre nouvelle. C'est vrai.»

Ce lundi d'octobre 1943 — une belle journée avec l'allégresse d'un oiseau. Pour commencer, nous prîmes des manhattans chez Joe Bell et, quand il apprit mon succès, champagne aux frais de la maison. Ensuite, nous partîmes en flânant vers la Cinquième Avenue où il y avait un défilé. Les drapeaux dans le vent, le martèlement de la musique militaire et le piétinement des soldats semblaient sans rapport avec la guerre, évoquant plutôt une fanfare en mon honneur.

Nous déjeunâmes à la cafétéria du parc. Après quoi, évitant le zoo (Holly me dit qu'elle ne supportait pas de voir le moindre animal en cage), pouffant, courant, chantant le long des allées, nous gagnâmes le vieux hangar à bateaux en bois aujourd'hui disparu. Des feuilles flottaient sur le lac. Près du bord, un jardinier attisait un feu de ces feuilles, et la fumée, montant comme des signaux indiens, était la seule tache dans l'air frémissant.

Aprils have never meant much to me, autumns seem that season of beginning, spring; which is how I felt sitting with Holly on the railings of the boathouse porch. I thought of the future, and spoke of the past. Because Holly wanted to know about my childhood. She talked of her own, too; but it was elusive, nameless, placeless, an impressionistic recital, though the impression received was contrary to what one expected, for she gave an almost voluptuous account of swimming and summer, Christmas trees, pretty cousins and parties : in short, happy in a way that she was not, and never, certainly, the background of a child who had run away.

Or, I asked, wasn't it true that she'd been out on her own since she was fourteen? She rubbed her nose. "That's true. The other isn't. But really, darling, you made such a tragedy out of *your* childhood I didn't feel I should compete."

She hopped off the railing. "Anyway, it reminds me : I ought to send Fred some peanut butter." The rest of the afternoon we were east and west worming out of reluctant grocers cans of peanut butter, a wartime scarcity; dark came before we'd rounded up a half-dozen jars, the last at a delicatessen on Third Avenue.

Avril n'a jamais eu grand sens pour moi, c'est l'automne qui m'apparaît comme la saison du commencement, le printemps ; voilà pourquoi j'avais envie de m'asseoir avec Holly sur la balustrade du porche du hangar à bateaux. Je pensais à l'avenir et parlais du passé. Parce que Holly voulait tout savoir de mon enfance. Elle parla de la sienne aussi, mais de façon évasive, sans noms, sans lieux, un récital impressionniste, encore que l'impression reçue fût contraire à l'effet attendu car elle me contait une histoire presque voluptueuse de bains, d'été, d'arbres de Noël, de charmants cousins et de fêtes ; bref, un bonheur qui lui était étranger et nullement, à coup sûr, les antécédents d'une enfant qui s'était sauvée.

Ou bien, lui demandai-je, n'était-il pas vrai qu'elle s'était volontairement émancipée dès l'âge de quatorze ans ? Elle se frotta le nez : « C'est vrai. Le reste ne l'est pas mais vraiment, mon chou, vous avez fait une telle tragédie de votre enfance que j'ai senti que je ne pouvais pas me mesurer avec vous. »

Elle sauta de la balustrade. « En tout cas, ça me rappelle : il faudrait que j'envoie à Fred du beurre de cacahuète. » Nous passâmes le reste de l'après-midi d'est en ouest à extorquer à des épiciers récalcitrants des boîtes de beurre de cacahuète, une rareté en temps de guerre ; la nuit vint avant que nous eussions réuni une demi-douzaine de boîtes, la dernière chez un traiteur de la Troisième Avenue.

It was near the antique shop with the palace of a bird cage in its window, so I took her there to see it, and she enjoyed the point, its fantasy : "But still, it's a cage."

Passing a Woolworth's, she gripped my arm : "Let's steal something," she said, pulling me into the store, where at once there seemed a pressure of eyes, as though we were already under suspicion. "Come on. Don't be chicken." She scouted a counter piled with paper pumpkins and Halloween masks. The saleslady was occupied with a group of nuns who were trying on masks. Holly picked up a mask and slipped it over her face; she chose another and put it on mine; then she took my hand and we walked away. It was as simple as that. Outside, we ran a few blocks, I think to make it more dramatic; but also because, as I'd discovered, successful theft exhilarates. I wondered if she'd often stolen. "I used to," she said. "I mean I had to. If I wanted anything. But I still do it every now and then, sort of to keep my hand in."

We wore the masks all the way home.

I have a memory of spending many hither and yonning days with Holly;

C'était près de la boutique d'antiquaire avec la cage à oiseau royale dans sa vitrine. J'entraînai donc Holly pour la lui montrer et elle en apprécia l'originalité, sa fantaisie. « N'empêche que c'est une cage. »

En passant devant un Woolworth, elle m'agrippa le bras : « Volons quelque chose », dit-elle en m'attirant dans le magasin où, aussitôt, j'eus une impression de regards braqués sur nous comme si nous étions déjà suspects. « Allez, vous dégonflez pas. » Elle repéra un rayon où s'empilaient des citrouilles en papier et des masques de Halloween. La vendeuse s'affairait avec un groupe de bonnes sœurs qui en essayaient quelques-uns. Holly en choisit un et l'ajusta sur son visage ; puis elle en choisit un autre et me le mit ; ensuite, elle me prit la main et nous sortîmes. C'était aussi simple que ça. Au-dehors, nous courûmes sur quelques mètres pour dramatiser l'aventure, je pense, mais aussi parce que, comme je le découvris, un vol réussi est grisant. Je lui demandai si elle volait souvent. « Dans le temps, oui, dit-elle. Enfin, il fallait bien. Si j'avais envie de quelque chose. Mais ça m'arrive encore de temps en temps, histoire, si on veut, de ne pas perdre la main. »

Nous portâmes nos masques tout le long du trajet de retour.

Je me souviens d'avoir passé bien des journées au petit bonheur, ici et là, avec Holly ;

and it's true, we did at odd moments see a great deal of each other; but on the whole, the memory is false. Because toward the end of the month I found a job: what is there to add? The less the better, except to say it was necessary and lasted from nine to five. Which made our hours, Holly's and mine, extremely different.

Unless it was Thursday, her Sing Sing day, or unless she'd gone horseback riding in the park, as she did occasionally, Holly was hardly up when I came home. Sometimes, stopping there, I shared her wake-up coffee while she dressed for the evening. She was forever on her way out, not always with Rusty Trawler, but usually, and usually, too, they were joined by Mag Wildwood and the handsome Brazilian, whose name was José Ybarra-Jaegar : his mother was German. As a quartet, they struck an unmusical note, primarily the fault of Ybarra-Jaegar, who seemed as out of place in their company as a violin in a jazz band. He was intelligent, he was presentable, he appeared to have a serious link with his work, which was obscurely governmental, vaguely important, and took him to Washington several days a week.

et c'est vrai, par périodes nous nous vîmes beaucoup tous les deux ; mais dans l'ensemble, ma
mémoire n'est pas fidèle. Car, vers la fin du mois,
je décrochai un travail. Qu'ajouter ? Mieux vaut
n'en pas parler sinon pour dire qu'il était nécessaire et me prenait de neuf à cinq. Ce qui faisait
une immense différence entre nos horaires à
Holly et à moi.

À moins qu'on ne fût jeudi, son jour de Sing
Sing, ou qu'elle ne fît du cheval dans le parc, ce
qui lui arrivait de temps en temps, Holly était
rarement levée quand je rentrais. Parfois, je m'arrêtais chez elle et partageais son café du réveil
pendant qu'elle s'habillait pour la soirée. Elle
était constamment sur le point de sortir, pas toujours avec Rusty Trawler mais souvent et, souvent
aussi, ils se retrouvaient avec Mag Wildwood et
son beau Brésilien qui s'appelait José Ybarra-
Jaegar. Sa mère était allemande. En tant que
quatuor, ils émettaient une musique plutôt dis-
cordante, avant tout par la faute d'Ybarra-Jaegar
qui semblait aussi déplacé en leur compagnie
qu'un violon dans un orchestre de jazz. Il était
intelligent, il était présentable, il paraissait
prendre avec sérieux son travail qui était obscu-
rément gouvernemental, vaguement important
et l'appelait à Washington plusieurs jours par
semaine.

How, then, could he survive night after night in La Rue, El Morocco, listening to the Wildwood ch-ch-chatter and staring into Rusty's raw baby-buttocks face? Perhaps, like most of us in a foreign country, he was incapable of placing people, selecting a frame for their picture, as he would at home; therefore all Americans had to be judged in a pretty equal light, and on this basis his companions appeared to be tolerable examples of local color and national character. That would explain much; Holly's determination explains the rest.

Late one afternoon, while waiting for a Fifth Avenue bus, I noticed a taxi stop across the street to let out a girl who ran up the steps of the Forty-second Street public library. She was through the doors before I recognized her, which was pardonable, for Holly and libraries were not an easy association to make. I let curiosity guide me between the lions, debating on the way whether I should admit following her or pretend coincidence.

Comment, dans ces conditions, pouvait-il survivre, nuit après nuit, chez La Rue, au El Morocco[1], à écouter les p… p… papotages de la Wildwood et à regarder la face anodine de Rusty avec ses joues comme des fesses de bébé ? Peut-être, comme la plupart d'entre nous dans un pays étranger, était-il incapable de jauger les gens, de choisir un cadre pour leur image comme il le ferait chez lui. Par conséquent, tous les Américains devaient être jugés sous un éclairage à peu près identique et, sur cette base, ses compagnons lui apparaissaient comme des spécimens tolérables de la couleur locale et du caractère national. Cela expliquait beaucoup de choses ; la détermination de Holly explique le reste.

Tard, un après-midi, tandis que j'attendais le bus en direction de la Cinquième Avenue, je remarquai un taxi qui s'arrêtait de l'autre côté de la rue et d'où descendit une fille qui monta en courant les marches de la bibliothèque publique de la 42e Rue. Elle avait franchi les portes avant que je l'eusse reconnue, ce qui était excusable car Holly et les bibliothèques n'étaient pas une association aisée à faire. Je laissai la curiosité me guider entre les lions, tout en me demandant si je devais reconnaître que je l'avais suivie ou feindre une coïncidence.

1. Cabarets à la mode.

In the end I did neither, but concealed myself some tables away from her in the general reading room, where she sat behind her dark glasses and a fortress of literature she'd gathered at the desk. She sped from one book to the next, intermittently lingering on a page, always with a frown, as if it were printed upside down. She had a pencil poised above paper — nothing seemed to catch her fancy, still now and then, as though for the hell of it, she made laborious scribblings. Watching her, I remembered a girl I'd known in school, a grind, Mildred Grossman. Mildred: with her moist hair and greasy spectacles, her stained fingers that dissected frogs and carried coffee to picket lines, her flat eyes that only turned toward the stars to estimate their chemical tonnage. Earth and air could not be more opposite than Mildred and Holly, yet in my head they acquired a Siamese twinship, and the thread of thought that had sewn them together ran like this: the average personality reshapes frequently, every few years even our bodies undergo a complete overhaul — desirable or not, it is a natural thing that we should change. All right, here were two people who never would. That is what Mildred Grossman had in common with Holly Golightly.

Finalement, je ne fis ni l'un ni l'autre, mais me dissimulai à quelques tables d'elle dans la grande salle de lecture où elle s'était assise derrière ses lunettes noires et une forteresse de littérature qu'elle avait édifiée sur sa table. Elle passait rapidement d'un livre à l'autre, s'attardant par intermittence sur une page, toujours les sourcils froncés comme si elle était imprimée à l'envers. Elle tenait un crayon dressé au-dessus du papier, rien ne semblait susciter son intérêt ; pointant de temps en temps comme en désespoir de cause, elle griffonnait laborieusement des notes. À l'observer, elle me rappelait une fille que j'avais connue à l'école, une bûcheuse, Mildred Grossman. Mildred, avec ses cheveux moites et ses lunettes graisseuses, ses doigts tachés qui disséquaient des grenouilles et portaient du café aux piquets de grève, ses yeux plats qui ne se tournaient vers les étoiles que pour évaluer leur tonnage chimique. La terre et l'air ne pouvaient être plus opposés que Mildred et Holly, pourtant, dans mon esprit, elles acquéraient un statut de sœurs siamoises et le fil mental qui les avait cousues ensemble se définissait ainsi : la personnalité moyenne se remodèle fréquemment, toutes les quelques années nos corps mêmes subissent une mutation complète. Souhaitable ou pas, ce changement est un phénomène naturel. D'accord, ces deux êtres-là ne changeraient jamais. C'était là ce que Mildred Grossman avait en commun avec Holly Golightly.

They would never change because they'd been given their character too soon; which, like sudden riches, leads to a lack of proportion : the one had splurged herself into a top-heavy realist, the other a lopsided romantic. I imagined them in a restaurant of the future, Mildred still studying the menu for its nutritional values, Holly still gluttonous for everything on it. It would never be different. They would walk through life and out of it with the same determined step that took small notice of those cliffs at the left. Such profound observations made me forget where I was; I came to, startled to find myself in the gloom of the library, and surprised all over again to see Holly there. It was after seven, she was freshening her lipstick and perking up her appearance from what she deemed correct for a library to what, by adding a bit of scarf, some earrings, she considered suitable for the Colony. When she'd left, I wandered over to the table where her books remained; they were what I had wanted to see. *South by Thunderbird. Byways of Brazil. The Political Mind of Latin America.* And so forth.

Jamais elles ne changeraient parce que leur caractère s'était forgé trop tôt, ce qui, comme une fortune soudaine, conduit à un défaut de proportions : l'une s'était investie dans un réalisme sans mesure, l'autre dans un romantisme échevelé. Je les imaginais dans un restaurant du futur, Mildred étudiant encore le menu pour ses valeurs nutritives, Holly toujours avide de tout ce qui y figurait. Jamais ce ne serait différent. Elles traverseraient l'existence et en sortiraient de la même démarche résolue, tenant à peine compte de ces précipices ouverts sur leur gauche. D'aussi profondes réflexions m'avaient fait oublier où j'étais ; je revins à moi, interloqué de me retrouver dans la pénombre de la bibliothèque, et de nouveau stupéfait d'y voir Holly. Il était sept heures passées. Elle rectifiait son rouge à lèvres et enjolivait son apparence, passant de ce qu'elle estimait convenable pour une bibliothèque à ce qui, par l'adjonction d'une écharpe et de boucles d'oreilles, lui semblait convenir au Colony Club[1]. Lorsqu'elle fut partie, je m'approchai de la table où étaient restés ses livres. Ils correspondaient à mon attente : *South by Thunderbird, Byways of Brazil, The Political Mind of Latin America*[2] et ainsi de suite.

---

1. Night-club new-yorkais très chic.
2. « Mythologie du Sud », « Brésil inconnu », « La mentalité politique de l'Amérique latine ».

On Christmas Eve she and Mag gave a party. Holly asked me to come early and help trim the tree. I'm still not sure how they maneuvered that tree into the apartment. The top branches were crushed against the ceiling, the lower ones spread wall-to-wall; altogether it was not unlike the yuletide giant we see in Rockefeller Plaza. Moreover, it would have taken a Rockefeller to decorate it, for it soaked up baubles and tinsel like melting snow. Holly suggested she run out to Woolworth's and steal some balloons; she did: and they turned the tree into a fairly good show. We made a toast to our work, and Holly said: "Look in the bedroom. There's a present for you."

I had one for her, too: a small package in my pocket that felt even smaller when I saw, square on the bed and wrapped with a red ribbon, the beautiful bird cage.

"But, Holly! It's dreadful!"

"I couldn't agree more; but I thought you wanted it."

"The money! Three hundred and fifty dollars!"

She shrugged. "A few extra trips to the powder room. Promise me, though. Promise you'll never put a living thing in it."

La veille de Noël, elle et Mag donnèrent une fête. Holly me demanda de venir tôt et de l'aider à orner l'arbre. Je ne sais encore pas trop comment elles manœuvrèrent pour faire entrer cet arbre dans l'appartement. Les plus hautes branches s'écrasaient au plafond, les plus basses s'étendaient d'un mur à l'autre ; somme toute, il n'était pas très différent du sapin géant que l'on voit sur Rockefeller Plaza. De plus, il aurait fallu un Rockefeller pour le décorer car les guirlandes et la bimbeloterie s'y perdaient comme de la neige fondue. Holly suggéra de filer chez Woolworth y voler quelques ballons, ce qu'elle fit, et elles transformèrent l'arbre en un assez beau spectacle. Nous saluâmes d'un toast notre travail, et Holly me dit : « Allez voir dans la chambre. Il y a un cadeau pour vous. »

J'en avais aussi un pour elle : un petit paquet dans ma poche qui me parut encore plus petit quand je vis, trônant sur le lit et ceinte d'un ruban rouge, la merveilleuse cage à oiseau.

« Mais, Holly ! C'est de la folie !

— Je suis bien d'accord, mais il m'a semblé que vous en aviez envie.

— Mais le prix ! Trois cent cinquante dollars ! »

Elle haussa les épaules : « Quelques tours supplémentaires aux lavabos. Du moins, promettez-moi. Promettez-moi de ne jamais mettre dedans une créature vivante. »

I started to kiss her, but she held out her hand. "Gimme," she said, tapping the bulge in my pocket.

"I'm afraid it isn't much," and it wasn't: a St. Christopher's medal. But at least it came from Tiffany's.

Holly was not a girl who could keep anything, and surely by now she has lost that medal, left it in a suitcase or some hotel drawer. But the bird cage is still mine. I've lugged it to New Orleans, Nantucket, all over Europe, Morocco, the West Indies. Yet I seldom remember that it was Holly who gave it to me, because at one point I chose to forget: we had a big falling-out, and among the objects rotating in the eye of our hurricane were the bird cage and O. J. Berman and my story, a copy of which I'd given Holly when it appeared in the university review.

Sometime in February, Holly had gone on a winter trip with Rusty, Mag and José Ybarra-Jaegar. Our altercation happened soon after she returned. She was brown as iodine, her hair was sun-bleached to a ghost-color, she'd had a wonderful time: "Well, first of all we were in Key West, and Rusty got mad at some sailors, or vice versa, *any*way he'll have to wear a spine brace the rest of his life.

J'allais l'embrasser, mais elle m'arrêta de sa main tendue : « Donnez, dit-elle, en tapotant la bosse dans ma poche.

— Je crains que ce ne soit pas grand-chose », et c'était le cas : une médaille de saint Christophe mais, du moins, elle venait de chez Tiffany.

Holly n'était pas le genre de fille à conserver quoi que ce soit et, à coup sûr, elle avait maintenant perdu cette médaille, laissée dans une valise ou un tiroir d'hôtel. Mais j'ai toujours la cage à oiseau. Je l'ai trimballée à La Nouvelle-Orléans, à Nantucket, à travers toute l'Europe, au Maroc, aux Antilles. Cependant, je me souviens rarement que c'est Holly qui me l'a donnée parce qu'un jour j'ai choisi de l'oublier. Nous eûmes une grave dispute et, parmi les objets qui volèrent au cœur de notre cyclone, se trouvaient la cage à oiseau, O. J. Berman et ma nouvelle dont j'avais donné un exemplaire à Holly quand elle parut dans la revue de l'université.

Dans le courant de février, Holly était partie faire une croisière d'hiver avec Rusty, Mag et José Ybarra-Jaegar. Notre altercation eut lieu peu après son retour. Elle était brune comme de la teinture d'iode, ses cheveux décolorés par le soleil d'une couleur fantomatique, elle s'était beaucoup amusée. « Eh bien, pour commencer, nous étions à Key West où Rusty a râlé contre des marins, ou vice versa, en tout cas, il sera obligé de porter un corset jusqu'à la fin de ses jours.

Dearest Mag ended up in the hospital, too. First-degree sunburn. Disgusting : all blisters and citronella. We couldn't stand the smell of her. So José and I left them in the hospital and went to Havana. He says wait till I see Rio; but as far as I'm concerned Havana can take my money right now. We had an irresistible guide, most of him Negro and the rest of him Chinese, and while I don't go much for one or the other, the combination was fairly riveting : so I let him play kneesie under the table, because frankly I didn't find him at all banal; but then one night he took us to a blue movie, and what do you suppose? There *he* was *on* the screen. Of course when we got back to Key West, Mag was positive I'd spent the whole time sleeping with José. So was Rusty : but he doesn't care about that, he simply wants to hear the details. Actually, things were pretty tense until I had a heart-to-heart with Mag."

We were in the front room, where, though it was now nearly March, the enormous Christmas tree, turned brown and scentless, its balloons shriveled as an old cow's dugs, still occupied most of the space. A recognizable piece of furniture had been added to the room : an army cot; and Holly, trying to preserve her tropic look, was sprawled on it under a sun lamp.

"And you convinced her?"

Cette chère Mag aussi a fini à l'hôpital. Brûlures au premier degré. Répugnant ; cloques et citronnelle partout. On ne supportait plus son odeur. Alors José et moi on les a laissés à l'hôpital et on est partis pour La Havane. Il m'a dit d'attendre d'avoir vu Rio ; mais, pour ma part, je mise sans hésiter sur La Havane. On avait un guide irrésistible, aux trois quarts noir et le reste chinois, et pour moi, qui ne raffole ni de l'un ni de l'autre, la combinaison était fascinante ; alors, je l'ai laissé me faire du genou sous la table parce que, franchement, je ne le trouvais pas du tout banal ; mais, là-dessus, un soir, il nous a emmenés voir un film porno et qu'est-ce que vous croyez ? Il était là, *lui*, sur l'écran. Naturellement, quand on est revenus à Key West, Mag était certaine que j'avais passé mon temps à coucher avec José. Rusty aussi mais, lui, il s'en fiche. Il veut simplement connaître les détails. Pour tout dire, le climat était plutôt tendu jusqu'à ce que j'aie eu une explication à cœur ouvert avec Mag. »

Nous étions dans la chambre du devant où, bien qu'on fût pratiquement en mars, l'énorme arbre de Noël devenu roussâtre et sans odeur, ses ballons fripés comme des vieilles bouses, occupait encore presque tout l'espace. Un meuble bien reconnaissable avait été ajouté dans la pièce : un lit de camp ; et Holly, essayant de préserver son teint tropical, était vautrée sous une lampe à bronzer.

« Et vous l'avez convaincue ?

"That I hadn't slept with José? God, yes. I simply told — but you know : made it sound like an *ag*onized confession — simply told her I was a dyke."

"She couldn't have believed that."

"The hell she didn't. Why do you think she went out and bought this army cot? Leave it to me : I'm always top banana in the shock department. Be a darling, darling, rub some oil on my back." While I was performing this service, she said : "O. J. Berman's in town, and listen, I gave him your story in the magazine. He was quite impressed. He thinks maybe you're worth helping. But he says you're on the wrong track. Negroes and children : who cares?"

"Not Mr. Berman, I gather."

"Well, I agree with him. I read that story twice. Brats and niggers. Trembling leaves. *Description*. It doesn't *mean* anything."

My hand, smoothing oil on her skin, seemed to have a temper of its own : it yearned to raise itself and come down on her buttocks. "Give me an example," I said quietly. "Of something that means something. In your opinion."

"*Wuthering Heights*," she said, without hesitation.

— Que je n'avais pas couché avec José ? Bon Dieu, oui. Je lui ai simplement dit — mais vous savez, en donnant l'impression d'une confession déchirante — je lui ai simplement dit que j'étais gousse.

— Elle n'a pas pu croire ça.

— Et comment, qu'elle l'a cru ! Pourquoi croyez-vous qu'elle est allée acheter ce lit de camp ? Faites-moi confiance, pour ce qui est des chocs, à moi le pompon. Soyez chou, mon chou, passez-moi un peu d'huile sur le dos. » Tandis que je lui rendais ce service, elle reprit : « O. J. Berman est en ville et, écoutez bien, je lui ai donné votre nouvelle dans la revue. Il a été très impressionné. Il pense que ça vaut peut-être le coup de vous aider. Mais il dit que vous faites fausse route. Les nègres et les gosses, ça intéresse qui ?

— Apparemment, pas M. Berman.

— Moi, je suis d'accord avec lui. Je l'ai lue deux fois, cette histoire. Des mômes et des négros, des feuilles qui tremblent. *Description.* Ça ne veut *rien* dire. »

Ma main, qui lissait l'huile sur sa peau, me parut animée d'une humeur personnelle : elle rêvait de s'élever et de s'abattre sur ses fesses. « Donnez-moi un exemple, dis-je avec calme, de quelque chose qui veut dire quelque chose. À votre avis.

— *Les Hauts de Hurlevent* », dit-elle sans hésitation.

The urge in my hand was growing beyond control. "But that's unreasonable. You're talking about a work of genius."

"It was, wasn't it? *My wild sweet Cathy.* God, I cried buckets. I saw it ten times."

I said, "Oh" with recognizable relief, "oh" with a shameful, rising inflection, "the *movie*."

Her muscles hardened, the touch of her was like stone warmed by the sun. "Everybody has to feel superior to somebody," she said. "But it's customary to present a little proof before you take the privilege."

"I don't compare myself to you. Or Berman. Therefore I can't feel superior. We want different things."

"Don't you want to make money?"

"I haven't planned that far."

"That's how your stories sound. As though you'd written them without knowing the end. Well, I'll tell you : you'd better make money. You have an expensive imagination. Not many people are going to buy you bird cages."

"Sorry."

"You will be if you hit me. You wanted to a minute ago :

L'envie, au creux de ma main, croissait hors de contrôle. «Mais ce n'est pas raisonnable. Vous me parlez d'une œuvre géniale.

— C'est vrai, hein? *Ma tendre et sauvage Cathy.* Bon Dieu, j'ai pleuré comme une madeleine. Je l'ai vu dix fois.»

Je dis «Oh!» avec un soulagement manifeste. «Oh!» sur un ton appuyé de confusion. «Le *film*[1].»

Ses muscles se durcirent. Leur contact était celui de la pierre chauffée par le soleil. «Tout le monde a besoin de se sentir supérieur à quelqu'un, dit-elle. Mais, d'habitude, on présente une petite preuve avant de se donner ce privilège.

— Je ne me compare pas à vous, ni à Berman. Donc je ne peux pas me sentir supérieur. Nos buts sont différents.

— Vous ne voulez pas gagner d'argent?

— Mes plans ne vont pas si loin.

— C'est l'effet que font vos histoires. Comme si vous les écriviez sans connaître la fin. Eh bien, je vais vous dire : vous feriez mieux de gagner de l'argent. Votre imagination coûte cher. Il n'y a pas beaucoup de gens qui vous achèteront des cages à oiseau.

— Désolé.

— Vous le serez si vous me frappez. Vous en mouriez d'envie, il y a une minute.

---

1. Film de William Wyler (1939).

I could feel it in your hand; and you want to now."

I did, terribly; my hand, my heart was shaking as I recapped the bottle of oil. "Oh no, I wouldn't regret that. I'm only sorry you wasted your money on me : Rusty Trawler is too hard a way of earning it."

She sat up on the army cot, her face, her naked breasts coldly blue in the sun-lamp light. "It should take you about four seconds to walk from here to the door. I'll give you two."

I went straight upstairs, got the bird cage, took it down and left it in front of her door. That settled that. Or so I imagined until the next morning when, as I was leaving for work, I saw the cage perched on a sidewalk ashcan waiting for the garbage collector. Rather sheepishly, I rescued it and carried it back to my room, a capitulation that did not lessen my resolve to put Holly Golightly absolutely out of my life. She was, I decided, "a crude exhibitionist," "a time waster," "an utter fake" : someone never to be spoken to again.

And I didn't. Not for a long while. We passed each other on the stairs with lowered eyes. If she walked into Joe Bell's, I walked out.

Je l'ai senti dans votre main et vous en avez encore envie maintenant. »

C'était vrai, terriblement vrai ; ma main, mon cœur tremblaient tandis que je rebouchais le flacon d'huile. « Oh non, je ne regretterais pas ça. Je suis simplement désolé que vous ayez gaspillé votre argent pour moi : Rusty Trawler, c'est quand même un moyen trop dur de le gagner. »

Elle s'assit brusquement sur le lit de camp, son visage et ses seins nus d'un bleu froid sous la lampe à bronzer. « Ça devrait vous prendre quatre secondes pour aller d'ici à la porte. Je vous en donne deux. »

Je montai droit chez moi, pris la cage, la descendis et la posai devant sa porte. Le problème était réglé. Du moins, l'imaginai-je jusqu'au lendemain matin où, partant au travail, je vis, au bord du trottoir, la cage perchée sur une poubelle attendant le ramassage des ordures. Plutôt penaud, je la ramassai et la retransportai dans ma chambre, capitulation qui n'amoindrit pas ma résolution de rayer définitivement Holly Golightly de mon existence. Elle était, décidai-je, « une vulgaire exhibitionniste », « une gaspilleuse de temps », « une baudruche », un être à qui jamais plus je n'adresserais la parole.

Et c'est ce que je fis. Du moins pendant longtemps. Nous nous croisions dans l'escalier, les yeux baissés. Si elle entrait chez Joe Bell, j'en sortais.

At one point, Madame Sapphia Spanella, the coloratura and roller-skating enthusiast who lived on the first floor, circulated a petition among the brownstone's other tenants asking them to join her in having Miss Golightly evicted : she was, said Madame Spanella, "morally objectionable" and the "perpetrator of all-night gatherings that endanger the safety and sanity of her neighbors." Though I refused to sign, secretly I felt Madame Spanella had cause to complain. But her petition failed, and as April approached May, the open-windowed, warm spring nights were lurid with the party sounds, the loud-playing phonograph and martini laughter that emanated from Apt. 2.

It was no novelty to encounter suspicious specimens among Holly's callers, quite the contrary ; but one day late that spring, while passing through the brownstone's vestibule, I noticed a *very* provocative man examining her mailbox. A person in his early fifties with a hard, weathered face, gray forlorn eyes. He wore an old sweat-stained gray hat, and his cheap summer suit, a pale blue, hung too loosely on his lanky frame ; his shoes were brown and brand-new. He seemed to have no intention of ringing Holly's bell. Slowly, as though he were reading Braille, he kept rubbing a finger across the embossed lettering of her name.

Un jour, Mme Sapphia Spanella, la coloratura fervente de patin à roulettes qui habitait au premier, fit circuler une pétition parmi les autres locataires de l'immeuble, leur demandant de se joindre à elle pour réclamer l'éviction de Mlle Golightly : elle était, disait Mme Spanella, «moralement indésirable» et «l'instigatrice de réunions nocturnes compromettant la sécurité et la santé mentale de ses voisins». Tout en refusant de signer, j'admis en secret que Mme Spanella avait des raisons de se plaindre, mais sa pétition échoua et comme avril approchait de mai, les chaudes nuits de printemps aux fenêtres ouvertes étaient empoisonnées par l'écho des soirées, le phono à pleine puissance et les rires au martini émanant de l'appartement numéro 2.

Il n'était pas rare de rencontrer des spécimens douteux parmi les visiteurs de Holly, bien au contraire ; mais un jour, vers la fin de ce printemps-là, tandis que je traversais le hall de l'immeuble, je remarquai un homme *très* inquiétant qui examinait la boîte aux lettres de Holly. Un individu d'environ cinquante ans, avec un visage dur et buriné, des yeux gris et moroses. Il portait un vieux chapeau gris taché de sueur et son piètre costume d'été bleu pâle flottait sur sa maigre charpente ; ses souliers marron étaient tout neufs. Il ne semblait pas avoir l'intention de sonner chez Holly. Lentement, comme s'il déchiffrait du braille, il passait et repassait le doigt sur les lettres gravées de son nom.

That evening, on my way to supper, I saw the man again. He was standing across the street, leaning against a tree and staring up at Holly's windows. Sinister speculations rushed through my head. Was he a detective? Or some underworld agent connected with her Sing Sing friend, Sally Tomato? The situation revived my tenderer feelings for Holly; it was only fair to interrupt our feud long enough to warn her that she was being watched. As I walked to the corner, heading east toward the Hamburg Heaven at Seventy-ninth and Madison, I could feel the man's attention focused on me. Presently, without turning my head, I knew that he was following me. Because I could hear him whistling. Not any ordinary tune, but the plaintive, prairie melody Holly sometimes played on her guitar: *Don't wanna sleep, don't wanna die, just wanna go a-travelin' through the pastures of the sky*. The whistling continued across Park Avenue and up Madison. Once, while waiting for a traffic light to change, I watched him out of the corner of my eye as he stopped to pet a sleazy Pomeranian. "That's a fine animal you got there," he told the owner in a hoarse, countrified drawl.

Hamburg Heaven was empty. Nevertheless, he took a seat right beside me at the long counter. He smelled of tobacco and sweat.

Ce soir-là, partant pour dîner, je revis cet homme. Il se tenait debout, de l'autre côté de la rue, adossé à un arbre, les yeux fixés sur les fenêtres de Holly. De sinistres spéculations me traversèrent l'esprit. Était-ce un policier ? Ou quelque émissaire de la pègre lié à son ami de Sing Sing, Sally Tomato ? Cette situation raviva mes plus tendres sentiments pour Holly ; il n'était que juste d'interrompre cette querelle, le temps de la prévenir qu'elle était surveillée. Tout en me dirigeant jusqu'au coin de la rue, en direction de l'est, vers le Hamburg Heaven à l'angle de la 79ᵉ et de Madison, je sentis l'attention de l'homme concentrée sur moi. Puis, sans tourner la tête, je sus qu'il me suivait. Parce que je l'entendais siffler... non pas un air quelconque, mais la mélodie de la prairie que Holly jouait quelquefois sur sa guitare : *Don't wanna sleep, don't wanna die, just wanna go a-travelin' through the pastures of the sky.* Le sifflement continua à la traversée de Park Avenue et en remontant Madison. Une fois, pendant que j'attendais le changement des feux de circulation, je l'observai du coin de l'œil tandis qu'il se penchait pour caresser un poméranien déjeté : « Une belle bête que vous avez là », dit-il à sa propriétaire d'une voix rauque et rustique.

Le Hamburg Heaven était vide. Néanmoins, il prit un tabouret à côté de moi devant le long comptoir. Il sentait le tabac et la sueur.

He ordered a cup of coffee, but when it came he didn't touch it. Instead, he chewed on a toothpick and studied me in the wall mirror facing us.

"Excuse me," I said, speaking to him via the mirror, "but what do you want?"

The question didn't embarrass him; he seemed relieved to have had it asked. "Son," he said, "I need a friend."

He brought out a wallet. It was as worn as his leathery hands, almost falling to pieces; and so was the brittle, cracked, blurred snapshot he handed me. There were seven people in the picture, all grouped together on the sagging porch of a stark wooden house, and all children, except for the man himself, who had his arm around the waist of a plump blond little girl with a hand shading her eyes against the sun.

"That's me," he said, pointing at himself. "That's her..." he tapped the plump girl. "And this one over here," he added, indicating a towheaded beanpole, "that's her brother, Fred."

I looked at "her" again : and yes, now I could see it, an embryonic resemblance to Holly in the squinting, fat-cheeked child. At the same moment, I realized who the man must be.

"You're Holly's *father*."

He blinked, he frowned. "Her name's not Holly.

Il commanda un café mais, une fois servi, n'y toucha pas. Il se contenta de mâchonner un cure-dents en m'étudiant dans le miroir en face de nous.

« Excusez-moi, dis-je en lui parlant via le miroir, mais qu'est-ce que vous voulez ? »

Ma question ne l'embarrassa pas ; il parut soulagé de se l'entendre poser. « Fiston, dit-il, j'ai besoin d'un ami. »

Il sortit un portefeuille, aussi usé que ses mains tannées, et qui tombait presque en lambeaux ; il en était de même de la photo racornie, craquelée et floue qu'il me tendit. Il y avait sept personnes sur le cliché, toutes groupées sur le porche délabré d'une maison de bois brut, et toutes étaient des enfants, sauf l'homme lui-même qui tenait par la taille une petite fille blonde et potelée, avec une main devant les yeux pour s'abriter du soleil.

« Ça, c'est moi, dit-il en se désignant. Ça, c'est elle. » Il tapotait du doigt la petite fille potelée. « Et celui-là, là, ajouta-t-il en indiquant un échalas aux cheveux filasse, c'est son frère, Fred. »

Je « la » regardai à nouveau et, cette fois, oui, je lui découvris une ressemblance embryonnaire avec Holly à cette enfant aux joues rondes et aux yeux plissés. Au même instant, je compris qui devait être cet homme.

« Vous êtes le *père* de Holly ? »

Il cligna des yeux, fronça les sourcils. « Elle s'appelle pas Holly.

She was a Lulamae Barnes. Was," he said, shifting the toothpick in his mouth, "till she married me. I'm her husband. Doc Golightly. I'm a horse doctor, animal man. Do some farming, too. Near Tulip, Texas. Son, why are you laughin'?"

It wasn't real laughter : it was nerves. I took a swallow of water and choked; he pounded me on the back. "This here's no humorous matter, son. I'm a tired man. I've been five years lookin' for my woman. Soon as I got that letter from Fred, saying where she was, I bought myself a ticket on the Greyhound. Lulamae belongs home with her husband and her churren."

"Children?"

"*Them's* her churren," he said, almost shouted. He meant the four other young faces in the picture, two barefooted girls and a pair of overalled boys. Well, of course : the man was deranged. "But Holly can't be the mother of those children. They're older than she is. Bigger."

"Now, son," he said in a reasoning voice, "I didn't claim they was her natural-born churren. Their own precious mother, precious woman, Jesus rest her soul, she passed away July 4th, Independence Day, 1936. The year of the drought. When I married Lulamae, that was in December, 1938, she was going on fourteen. Maybe an ordinary person, being only fourteen, wouldn't know their right mind.

C'était une Lulamae Barnes. C'était, dit-il en faisant rouler le cure-dents dans sa bouche, jusqu'à
ce qu'elle se marie avec moi. Je suis son mari.
Doc Golightly. Je suis vétérinaire, je m'occupe
des bêtes. Je cultive un peu aussi. Près de Tulip,
Texas. Fiston, pourquoi tu ris ? »

Ce n'était pas un vrai rire : c'étaient les nerfs.
J'avalai une gorgée d'eau et m'étranglai ; il me
tapa dans le dos. « Y a pas de quoi rigoler, fiston.
Je suis un homme fatigué. Ça fait cinq ans que je
la recherche, ma femme. Dès que j'ai reçu la
lettre de Fred me disant où elle était, j'ai pris un
billet de Greyhound. La place de Lulamae est à la
maison avec son mari et ses mômes.

— Ses enfants ?

— C'est ses mioches », dit-il, criant presque. Il
parlait des quatre autres jeunes visages sur la
photo, deux filles aux pieds nus et deux garçons
en salopette. Bon, bien entendu, cet homme
était dérangé. « Mais Holly ne peut pas être la
mère de ces enfants. Ils sont plus vieux qu'elle.
Plus grands.

— Écoute, fiston, fit-il d'une voix posée, j'ai
pas dit que c'étaient les mioches de sa chair.
Leur précieuse mère, précieuse femme, Dieu ait
son âme, a passé le 4 juillet, le jour de l'Indépen-
dance, en 1936, l'année de la sécheresse. Quand
j'ai épousé Lulamae, c'était en décembre 1938,
elle allait sur ses quatorze ans. Peut-être qu'une
fille ordinaire, à quatorze ans seulement, se serait
pas trop rendu compte.

But you take Lulamae, she was an exceptional woman. She knew good-and-well what she was doing when she promised to be my wife and the mother of my churren. She plain broke our hearts when she ran off like she done." He sipped his cold coffee, and glanced at me with a searching earnestness. "Now, son, do you doubt me? Do you believe what I'm saying is so?"

I did. It was too implausible not to be fact; moreover, it dovetailed with O. J. Berman's description of the Holly he'd first encountered in California: "You don't know whether she's a hillbilly or an Okie or what." Berman couldn't be blamed for not guessing that she was a child-wife from Tulip, Texas.

"Plain broke our hearts when she ran off like she done," the horse doctor repeated. "She had no cause. All the housework was done by her daughters. Lulamae could just take it easy: fuss in front of mirrors and wash her hair. Our own cows, our own garden, chickens, pigs: son, that woman got positively fat. While her brother growed into a giant. Which is a sight different from how they come to us. 'Twas Nellie, my oldest girl, 'twas Nellie brought 'em into the house. She come to me one morning, and said: 'Papa, I got two wild yunguns locked in the kitchen.

Mais prenez Lulamae, c'était une femme exceptionnelle. Elle savait fichtrement bien ce qu'elle faisait quand elle m'a promis d'être ma femme et la mère de mes mioches. Elle nous a carrément brisé le cœur quand elle s'est sauvée comme elle l'a fait.» Il but une gorgée de café froid et me lança un regard à la fois réfléchi et interrogateur. «Alors, fiston, tu doutes de moi? Crois-tu que je dis vrai?»

Je le croyais. C'était trop invraisemblable pour ne pas être exact; de plus, cela concordait avec la description qu'avait faite Berman de sa première rencontre avec Holly, en Californie : «On ne sait pas si c'est une péquenaude, une demeurée ou quoi.» On ne pouvait pas reprocher à Berman de ne pas avoir deviné que c'était une femme-enfant de Tulip, Texas.

«Ouais, elle nous a brisé le cœur quand elle s'est sauvée comme elle l'a fait, répéta le vétérinaire. Elle avait aucune raison. Tout le travail à la maison était fait par ses filles. Lulamae n'avait qu'à se laisser vivre, se pavaner devant les miroirs et se laver les cheveux. Nos vaches, notre jardin, les poules, les cochons : fiston, cette femme-là, elle se faisait du lard, tandis que son frère devenait un géant. Une sacrée différence avec ce qu'ils étaient en arrivant. C'est Nellie, mon aînée, c'est Nellie qui les a fait entrer dans la maison. Elle est venue vers moi un matin et elle m'a dit : "Papa, j'ai bouclé deux rôdeurs, deux jeunots dans la cuisine.

I caught 'em outside stealing milk and turkey eggs.' That was Lulamae and Fred. Well, you never saw a more pitiful something. Ribs sticking out everywhere, legs so puny they can't hardly stand, teeth wobbling so bad they can't chew mush. Story was : their mother died of the TB, and their papa done the same — and all the chur-ren, a whole raft of 'em, they been sent off to live with different mean people. Now Lulamae and her brother, them two been living with some mean, no-count people a hundred miles east of Tulip. She had good cause to run off from that house. She didn't have none to leave mine. 'Twas her home." He leaned his elbows on the counter and, pressing his closed eyes with his fingertips, sighed. "She plumped out to be a real pretty woman. Lively, too. Talky as a jaybird. With something smart to say on every subject : better than the radio. First thing you know, I'm out picking flowers. I tamed her a crow and taught it to say her name. I showed her how to play the guitar. Just to look at her made the tears spring to my eyes. The night I proposed, I cried like a baby. She said : 'What you want to cry for, Doc? 'Course we'll be married. I've never been married before.' Well, I had to laugh, hug and squeeze her : *never been married before!*» He chuckled, chewed on his toothpick a moment.

Je les avais pris dehors, à faucher du lait et des œufs de dinde." C'était Lulamae et Fred. J'ai jamais rien vu d'aussi piteux, les côtes qui leur ressortaient de partout. La peau sur les os, des jambes si faiblardes qu'ils tenaient pas dessus. V'là leur histoire. Leur mère était morte tubarde et leur papa en avait fait autant, et tous les mioches, une vraie tripotée, on les avait expédiés vivre chez des méchants ici et là. Lulamae et son frère, eux, ils vivaient avec des minables à cent cinquante kilomètres à l'est de Tulip. Elle avait toutes les raisons de se tirer de cette maison. Elle en avait pas de quitter la mienne. L'était chez elle. » Les coudes au comptoir, il pressa ses yeux clos du bout des doigts et soupira : « Elle s'était bien remplumée et devenait jolie fille. Et vive avec ça. Bavarde comme une pie. Avec des remarques futées à faire sur tous les sujets : mieux que la radio. Du premier coup, je sors lui cueillir des fleurs. Je lui apprivoise un corbeau à qui j'apprends à dire son nom. Je lui montre comment jouer de la guitare. Rien qu'à la regarder, j'avais la larme à l'œil. Le soir où je lui ai proposé le mariage, j'ai pleuré comme un gosse. Elle a dit : "Pourquoi tu pleures comme ça, Doc ? Bien sûr qu'on va se marier. J'ai jamais encore été mariée." Du coup, j'ai rigolé et je l'ai serrée dans mes bras. *Jamais encore été mariée !* » Il émit un petit rire et mâchonna un instant son cure-dents.

"Don't tell me that woman wasn't happy!" he said, challengingly. "We all doted on her. She didn't have to lift a finger, 'cept to eat a piece of pie. 'Cept to comb her hair and send away for all the magazines. We must've had a hunnerd dollars' worth of magazines come into that house. Ask me, that's what done it. Looking at show-off pictures. Reading dreams. That's what started her walking down the road. Every day she'd walk a little further: a mile, and come home. Two miles, and come home. One day she just kept on." He put his hands over his eyes again; his breathing made a ragged noise. "The crow I give her went wild and flew away. All summer you could hear him. In the yard. In the garden. In the woods. All summer that damned bird was calling: Lulamae, Lulamae."

He stayed hunched over and silent, as though listening to the long-ago summer sound. I carried our checks to the cashier. While I was paying, he joined me. We left together and walked over to Park Avenue. It was a cool, blowy evening; swanky awnings flapped in the breeze. The quietness between us continued until I said: "But what about her brother? He didn't leave?"

"No, sir," he said, clearing his throat. "Fred was with us right till they took him in the Army. A fine boy. Fine with horses.

« Qu'on ne vienne pas me raconter que cette fille-là n'était pas heureuse ! dit-il d'un ton de défi. On en était tous toqués. Elle avait pas besoin de lever le petit doigt, sauf pour manger un gâteau. Sauf pour se peigner les cheveux et nous envoyer chercher tous les magazines. On a bien dû faire entrer pour une centaine de dollars d'illustrés dans la maison. Pour moi, tout est venu de là. À regarder ces images tape-à-l'œil. À lire des rêves. C'est ça qui l'a poussée à sortir sur la route. Tous les jours elle allait un peu plus loin : deux kilomètres et elle revenait. Un jour, elle a continué. » Il se remit les mains sur les yeux, sa respiration faisait un bruit de raclement. « Le corbeau que je lui avais donné est redevenu sauvage et s'est envolé. Tout l'été on l'a entendu. Dans la cour. Dans le jardin. Dans les bois. Tout l'été ce foutu oiseau l'a appelée : "Lulamae, Lulamae." »

Il resta un moment le dos rond, silencieux, comme s'il écoutait les échos de cet été lointain. Je portai nos tickets à la caisse. Pendant que je payais, il me rejoignit. Nous partîmes ensemble et gagnâmes Park Avenue. La soirée était fraîche et venteuse ; d'élégants auvents ondoyaient dans la brise. Le silence persista entre nous jusqu'à ce que je dise : « Et son frère ? Il n'est pas parti ?

— Non, m'sieur, dit-il en se raclant la gorge. Il est resté avec nous jusqu'à ce qu'on le prenne dans l'armée. Un brave garçon. Épatant avec les chevaux.

He didn't know what got into Lulamae, how come she left her brother and husband and churren. After he was in the Army, though, Fred started hearing from her. The other day he wrote me her address. So I come to get her. I know she's sorry for what she done. I know she wants to go home." He seemed to be asking me to agree with him. I told him that I thought he'd find Holly, or Lulamae, somewhat changed. "Listen, son," he said, as we reached the steps of the brownstone, "I advised you I need a friend. Because I don't want to surprise her. Scare her none. That's why I've held off. Be my friend : let her know I'm here."

The notion of introducing Mrs. Golightly to her husband had its satisfying aspects ; and, glancing up at her lighted windows, I hoped her friends were there, for the prospect of watching the Texan shake hands with Mag and Rusty and José was more satisfying still. But Doc Golightly's proud earnest eyes and sweat-stained hat made me ashamed of such anticipations. He followed me into the house and prepared to wait at the bottom of the stairs. "Do I look nice ?" he whispered, brushing his sleeves, tightening the knot of his tie.

Holly was alone. She answered the door at once ; in fact, she was on her way out — white satin dancing pumps and quantities of perfume announced gala intentions.

Il ne comprenait pas ce qui lui avait pris à Lulamae, comment elle avait pu laisser tomber son
frère, son mari et ses mioches. Une fois qu'il a
été dans l'armée, quand même, Fred a eu de ses
nouvelles. L'autre jour, il m'a envoyé son adresse.
Alors, je suis venu la chercher. Je sais qu'elle
regrette ce qu'elle a fait. Je sais qu'elle veut reve-
nir à la maison. » Il semblait me demander de
l'approuver. Je lui dis qu'à mon avis il trouverait
Holly, ou Lulamae, assez changée. « 'Coute, fiston, dit-il comme nous parvenions au perron de
l'immeuble, je t'ai dit que j'avais besoin d'un
ami. Parce que je veux pas la surprendre — surtout pas lui faire peur. Voilà pourquoi je me suis
retenu. Sois mon ami. Va lui dire que je suis là. »

La perspective de présenter Mme Golightly à
son mari avait son côté satisfaisant ; et en jetant
un coup d'œil à ses fenêtres éclairées, j'espérais
que ses amis étaient là, car la perspective de voir
le Texan serrer la main à Mag, Rusty et José était
encore plus satisfaisante. Mais le regard fier et
sérieux de Doc Golightly et son chapeau taché de
sueur me firent honte. Il me suivit dans la maison
et se prépara à attendre au bas de l'escalier. « Est-
ce que je présente bien ? » murmura-t-il en bros-
sant ses manches et en resserrant son nœud de
cravate.

Holly était seule. Elle vint ouvrir tout de suite ;
en fait, elle se préparait à sortir, ballerines en
satin blanc et une forte dose de parfum annon-
çant ses intentions festives.

"Well, idiot," she said, and playfully slapped me with her purse. "I'm in too much of a hurry to make up now. We'll smoke the pipe tomorrow, okay?"

"Sure, Lulamae. If you're still around tomorrow."

She took off her dark glasses and squinted at me. It was as though her eyes were shattered prisms, the dots of blue and gray and green like broken bits of sparkle. "*He* told you that," she said in a small, shivering voice. "Oh, please. *Where* is he?" She ran past me into the hall. "Fred!" she called down the stairs. "Fred! Where are you, darling?"

I could hear Doc Golightly's footsteps climbing the stairs. His head appeared above the banisters, and Holly backed away from him, not as though she were frightened, but as though she were retreating into a shell of disappointment. Then he was standing in front of her, hangdog and shy. "Gosh, Lulamae," he began, and hesitated, for Holly was gazing at him vacantly, as though she couldn't place him. "Gee, honey," he said, "don't they feed you up here? You're so skinny. Like when I first saw you. All wild around the eye."

Holly touched his face; her fingers tested the reality of his chin, his beard stubble. "Hello, Doc," she said gently, and kissed him on the cheek.

« Alors, idiot, dit-elle, et elle me décocha un petit coup amical avec son sac. Je suis trop pressée pour faire la paix maintenant. On fumera le calumet demain, d'accord ?

— D'accord, Lulamae, si vous êtes encore là demain. »

Elle ôta ses lunettes noires et me lorgna du coin de l'œil. Ses yeux me faisaient l'effet de prismes fracturés, avec leurs touches de bleu, de gris et de vert comme des éclats d'étincelles. « C'est *lui* qui vous a dit ça, fit-elle d'une petite voix frémissante. Oh, je vous en prie, où est-il ? » Elle courut dans le vestibule. « Fred ! lança-t-elle vers le bas des marches. Fred ! Où es-tu, mon chéri ? »

J'entendis les pas de Doc Golightly qui montait l'escalier. Sa tête apparut au-dessus de la rampe et Holly eut un mouvement de recul, non pas comme si elle avait peur mais comme si elle battait en retraite dans une coquille de déception. Il resta là, planté devant elle : « Mince, Lulamae, commença-t-il, et il hésita car Holly posait sur lui un regard vide comme si elle ne le reconnaissait pas. Ben dis donc, chaton, dit-il, on te nourrit donc pas, ici ? T'es maigre comme un clou. Comme la première fois que je t'ai vue. Avec ce regard affolé. »

Holly lui toucha le visage. Ses doigts vérifiaient la réalité de son menton, des poils de sa barbe. « Salut, Doc, dit-elle avec douceur, et elle l'embrassa sur la joue.

"Hello, Doc," she repeated happily, as he lifted her off her feet in a rib-crushing grip. Whoops of relieved laughter shook him. "Gosh, Lulamae. Kingdom come."

Neither of them noticed me when I squeezed past them and went up to my room. Nor did they seem aware of Madame Sapphia Spanella, who opened her door and yelled: "Shut up! It's a disgrace. Do your whoring elsewhere."

"*Divorce* him? Of course I never divorced him. I was only fourteen, for God's sake. It couldn't have been *legal*." Holly tapped an empty martini glass. "Two more, my darling Mr. Bell."

Joe Bell, in whose bar we were sitting, accepted the order reluctantly. "You're rockin' the boat kinda early," he complained, crunching on a Tums. It was not yet noon, according to the black mahogany clock behind the bar, and he'd already served us three rounds.

"But it's Sunday, Mr. Bell. Clocks are slow on Sundays. Besides, I haven't been to bed yet," she told him, and confided to me: "Not to sleep." She blushed, and glanced away guiltily. For the first time since I'd known her, she seemed to feel a need to justify herself: "Well, I had to. Doc really loves me, you know. And I love him.

Salut, Doc », répéta-t-elle gaiement comme il la soulevait du sol dans une étreinte à lui briser les côtes. Une rafale d'éclats de rire soulagés le secoua : « Mince alors, Lulamae, c'est le paradis. »

Ni l'un ni l'autre ne me remarqua tandis que je me glissais derrière eux pour monter à ma chambre. Ils ne parurent pas voir non plus Mme Sapphia Spanella qui avait ouvert sa porte et glapissait : « Taisez-vous ! C'est une honte. Allez faire votre racolage ailleurs. »

« *Divorcer ?* Naturellement que j'ai jamais divorcé. Je n'avais que quatorze ans, bon sang ! Ça n'aurait pas été *légal.* » Holly tapa sur son verre de martini vide. « Deux autres, mon très cher monsieur Bell. »

Joe Bell, dans le bar duquel nous étions assis, prit la commande à contrecœur. « Vous faites tanguer la barque un peu tôt », se plaignit-il en croquant une de ses pastilles. Il n'était pas encore midi selon la pendule d'acajou, derrière le bar, et il nous avait déjà servi trois tournées.

« Mais c'est dimanche, monsieur Bell. Les pendules ne vont pas vite, le dimanche. D'ailleurs, je ne me suis pas encore couchée », lui dit-elle, puis elle me confia : « Pas pour dormir. » Elle rougit et coula dans le vague un regard coupable. Pour la première fois depuis que je la connaissais, elle semblait éprouver le besoin de se justifier. « Il fallait bien ; Doc m'aime vraiment, vous savez. Et je l'aime aussi.

181

He may have looked old and tacky to *you*. But you don't know the sweetness of him, the confidence he can give to birds and brats and fragile things like that. Anyone who ever gave you confidence, you owe them a lot. I've always remembered Doc in my prayers. Please stop smirking!" she demanded, stabbing out a cigarette. "I *do* say my prayers."

"I'm not smirking. I'm smiling. You're the most amazing person."

"I suppose I am," she said, and her face, wan, rather bruised-looking in the morning light, brightened; she smoothed her tousled hair, and the colors of it glimmered like a shampoo advertisement. "I must look fierce. But who wouldn't? We spent the rest of the night roaming around in a bus station. Right up till the last minute Doc thought I was going to go with him. Even though I kept telling him : But, Doc, I'm not fourteen any more, and I'm not Lulamae. But the terrible part is (and I realized it while we were standing there) I am. I'm still stealing turkey eggs and running through a brier patch. Only now I call it having the mean reds."

Joe Bell disdainfully settled the fresh martinis in front of us.

"Never love a wild thing, Mr. Bell," Holly advised him. "That was Doc's mistake.

Il *vous* paraît peut-être vieux et minable, mais vous n'avez pas idée de sa douceur, de la confiance qu'il peut inspirer aux oiseaux, aux gosses, aux créatures fragiles comme ça. Si quelqu'un vous inspire confiance, vous lui devez beaucoup. Je me suis toujours souvenue de Doc dans mes prières. Arrêtez de ricaner ! exigea-t-elle en écrasant son mégot. Oui, je *dis* mes prières.

— Je ne ricane pas. Je souris. Vous êtes la plus sidérante des créatures.

— Ça se peut », dit-elle, et son visage blême et plutôt meurtri dans la lumière du matin s'éclaira. Elle lissa ses cheveux ébouriffés et leurs couleurs chatoyèrent comme une publicité de shampooing. « Je dois avoir une tête impossible, mais il y a de quoi. Nous avons passé le reste de la nuit à traîner dans une station de bus. Jusqu'à la dernière minute, Doc a cru que j'allais partir avec lui. J'avais beau lui répéter : "Mais, Doc, je n'ai plus quatorze ans et je ne suis pas Lulamae." Mais le pire (et je m'en suis rendu compte pendant qu'on était là-bas) c'est que je le suis. Je vole encore des œufs de dinde et je cours toujours dans les champs. Seulement, maintenant, j'appelle ça avoir la boule. »

Avec dédain, Joe Bell posa les nouveaux martinis devant nous.

« N'aimez jamais une créature sauvage, monsieur Bell, conseilla Holly. Ç'a été l'erreur de Doc.

He was always lugging home wild things. A hawk with a hurt wing. One time it was a full-grown bobcat with a broken leg. But you can't give your heart to a wild thing : the more you do, the stronger they get. Until they're strong enough to run into the woods. Or fly into a tree. Then a taller tree. Then the sky. That's how you'll end up, Mr. Bell. If you let yourself love a wild thing. You'll end up looking at the sky."

"She's drunk," Joe Bell informed me.

"Moderately," Holly confessed. "But Doc knew what I meant. I explained it to him very carefully, and it was something he could understand. We shook hands and held on to each other and he wished me luck." She glanced at the clock. "He must be in the Blue Mountains by now."

"What's she talkin' about?" Joe Bell asked me.

Holly lifted her martini. "Let's wish the Doc luck, too," she said, touching her glass against mine. "Good luck : and believe me, dearest Doc — it's better to look at the sky than live there. Such an empty place; so vague. Just a country where the thunder goes and things disappear."

Il ramenait toujours des bêtes sauvages à la maison. Un faucon avec une aile abîmée. Une fois, ç'a été un lynx adulte qui avait une patte cassée. Mais on ne peut pas donner son cœur à une bête sauvage ; plus on essaie, plus elle reprend des forces. Jusqu'à ce qu'elle en ait assez pour se sauver dans les bois, ou pour s'envoler en haut d'un arbre. Puis d'un arbre plus grand, puis dans le ciel. C'est comme ça que vous finirez, monsieur Bell. Si vous vous risquez à aimer une bête sauvage. Vous finirez en regardant le ciel.

— Elle est saoule, m'informa M. Bell.

— Modérément, admit Holly. Mais Doc savait ce que je voulais dire. Je lui ai expliqué très soigneusement et c'était quelque chose qu'il pouvait comprendre. Nous nous sommes donné une poignée de main, nous nous sommes serrés dans les bras et il m'a souhaité bonne chance. » Elle jeta un coup d'œil à la pendule : « Il doit être dans les Blue Mountains, maintenant.

— Qu'est-ce qu'elle raconte ? » me demanda Joe Bell.

Holly leva son martini : « Souhaitons à Doc bonne chance aussi, dit-elle en touchant mon verre avec le sien. Bonne chance et croyez-moi, cher Doc, il vaut mieux regarder le ciel que d'y vivre. C'est tellement vide, si vague. Rien qu'un pays où roule le tonnerre et où les choses disparaissent. »

185

TRAWLER MARRIES FOURTH. I was on a subway somewhere in Brooklyn when I saw that headline. The paper that bannered it belonged to another passenger. The only part of the text that I could see read : *Rutherfurd "Rusty" Trawler, the millionaire playboy often accused of pro-Nazi sympathies, eloped to Greenwich yesterday with a beautiful* — Not that I wanted to read any more. Holly had married him : well, well. I wished I were under the wheels of the train. But I'd been wishing that before I spotted the headline. For a headful of reasons. I hadn't seen Holly, not really, since our drunken Sunday at Joe Bell's bar. The intervening weeks had given me my own case of the mean reds. First off, I'd been fired from my job : deservedly, and for an amusing misdemeanor too complicated to recount here. Also, my draft board was displaying an uncomfortable interest; and, having so recently escaped the regimentation of a small town, the idea of entering another form of disciplined life made me desperate. Between the uncertainty of my draft status and a lack of specific experience, I couldn't seem to find another job. That was what I was doing on a subway in Brooklyn :

TRAWLER : QUATRIÈME MARIAGE. J'étais je ne sais où dans le métro, à Brooklyn, quand je vis ce gros titre. Le journal qui en faisait sa une appartenait à un autre voyageur. La seule partie du texte que je pouvais voir disait : *Rutherford «Rusty» Trawler, le play-boy millionnaire souvent accusé de sympathies pronazies, a fait une fugue à Greenwich hier avec une ravissante…* Non que j'eusse envie d'en lire plus. Holly l'avait épousé. Tiens, tiens… J'aurais voulu être sous les roues du train mais j'avais fait ce vœu avant d'avoir repéré le titre du journal. Pour un tas de raisons. Je n'avais pas vu Holly, pas vraiment, depuis notre dimanche éméché au bar de Joe Bell. Les semaines suivantes m'avaient valu mon cas personnel de «boule». D'abord, j'avais été viré de mon emploi, non sans raison et pour une incartade comique trop compliquée pour la rapporter ici[1]. D'autre part, le conseil de révision me portait un intérêt alarmant ; et ayant échappé tout récemment à la tyrannie d'une petite ville, l'idée de subir une autre forme de discipline me plongeait dans le désespoir. Entre l'incertitude de mon statut militaire et mon manque d'expérience spécifique, je ne voyais guère comment trouver un autre job. Voilà donc ce que je faisais dans le métro à Brooklyn ;

---

1. Allusion probable à une farce faite par Truman Capote à l'humoriste James Thurber lors de son premier job au *New Yorker* et qui lui valut d'être remercié.

returning from a discouraging interview with an editor of the now defunct newspaper, *PM*. All this, combined with the city heat of the summer, had reduced me to a state of nervous inertia. So I more than half meant it when I wished I were under the wheels of the train. The headline made the desire quite positive. If Holly could marry that "absurd foetus," then the army of wrongness rampant in the world might as well march over me. Or, and the question is apparent, was my outrage a little the result of being in love with Holly myself? A little. For I *was* in love with her. Just as I'd once been in love with my mother's elderly colored cook and a postman who let me follow him on his rounds and a whole family named McKendrick. That category of love generates jealousy, too.

When I reached my station I bought a paper; and, reading the tail-end of that sentence, discovered that Rusty's bride was : *a beautiful cover girl from the Arkansas hills, Miss Margaret Thatcher Fitzhue Wildwood.* Mag! My legs went so limp with relief I took a taxi the rest of the way home.

Madame Sapphia Spanella met me in the hall, wild-eyed and wringing her hands. "Run," she said. "Bring the police. She is killing somebody! Somebody is killing her!"

It sounded like it. As though tigers were loose in Holly's apartment.

je revenais d'un entretien décourageant avec un rédacteur du journal aujourd'hui défunt, le *P.M.* Tout cela combiné avec la chaleur estivale de la ville m'avait réduit à un état d'inertie nerveuse. Donc, j'étais plus qu'à moitié sincère quand je me souhaitais sous les roues du train. Le titre du journal renforçait ce désir. Si Holly pouvait épouser cet «absurde fœtus», alors l'armée du mal qui submergeait le monde pouvait aussi bien m'écraser. Ou, et la question s'impose, ma détresse ne tenait-elle pas un peu au fait que j'étais moi-même amoureux de Holly? *Un peu.* Car j'*étais* amoureux d'elle. Tout comme je l'avais été un jour de la vieille cuisinière noire de ma mère, d'un facteur qui m'avait permis de le suivre dans sa tournée et d'une famille entière du nom de McKendrick. Cette variété d'amour engendre aussi la jalousie.

Arrivé à ma station, j'achetai un journal et, en lisant la fin de cette phrase, découvris que la conjointe de Rusty était : *une ravissante cover-girl des montagnes de l'Arkansas, Mlle Margaret Thatcher Fitzhue Wildwood.* Mag! Mes jambes étaient si molles de soulagement que je pris un taxi pour faire le reste du trajet.

Mme Sapphia Spanella me croisa dans le vestibule, les yeux hors de la tête et se tordant les mains. «Courez, dit-elle. Appelez la police. Elle tue quelqu'un! Quelqu'un la tue!»

Ça en avait tout l'air. À croire que des tigres étaient lâchés dans l'appartement de Holly.

189

A riot of crashing glass, of rippings and fallings and overturned furniture. But there were no quarreling voices inside the uproar, which made it seem unnatural. "Run," shrieked Madame Spanella, pushing me. "Tell the police murder!"

I ran; but only upstairs to Holly's door. Pounding on it had one result: the racket subsided. Stopped altogether. But pleadings to let me in went unanswered, and my efforts to break down the door merely culminated in a bruised shoulder. Then below I heard Madame Spanella commanding some newcomer to go for the police. "Shut up," she was told, "and get out of my way."

It was José Ybarra-Jaegar. Looking not at all the smart Brazilian diplomat; but sweaty and frightened. He ordered me out of his way, too. And, using his own key, opened the door. "In here, Dr. Goldman," he said, beckoning to a man accompanying him.

Since no one prevented me, I followed them into the apartment, which was tremendously wrecked. At last the Christmas tree had been dismantled, very literally: its brown dry branches sprawled in a welter of torn-up books, broken lamps and phonograph records. Even the icebox had been emptied, its contents tossed around the room:

Un vacarme de verre brisé, de tissu déchiré, de chutes de meubles renversés. Mais aucun éclat de voix furieuse ne s'élevait dans ce pandémonium, ce qui semblait très insolite. « Courez ! hurla Mme Spanella en me poussant. Alertez la police ! À l'assassin ! »

Je courus ; mais seulement vers le haut jusqu'à la porte de Holly. Mes coups assenés au panneau eurent un résultat. Le raffut s'apaisa. Puis s'arrêta. Mais mes prières pour être admis restèrent sans réponse et mes efforts pour enfoncer la porte se soldèrent par une épaule contusionnée. J'entendis alors au-dessous Mme Spanella qui commandait à quelque nouveau venu d'aller chercher la police. « Fermez-la, lui fut-il répondu, et laissez-moi passer. »

C'était José Ibarra-Jaegar, qui n'avait plus rien de l'élégant diplomate brésilien ; il transpirait et avait l'air affolé. Il m'ordonna, à moi aussi, de lui laisser le passage. Et avec sa clef personnelle, il ouvrit la porte. « C'est ici, docteur Goldman », dit-il, faisant signe à un homme qui l'accompagnait.

Comme personne ne m'en empêchait, je les suivis dans l'appartement qui était affreusement dévasté. L'arbre de Noël avait enfin été démantelé dans le sens le plus littéral : ses branches sèches et brunâtres s'étalaient dans un chaos de livres déchirés, de lampes brisées et de disques de phono. Le réfrigérateur lui-même avait été vidé, et son contenu dispersé dans la pièce ;

raw eggs were sliding down the walls, and in the midst of the debris Holly's no-name cat was calmly licking a puddle of milk.

In the bedroom, the smell of smashed perfume bottles made me gag. I stepped on Holly's dark glasses; they were lying on the floor, the lenses already shattered, the frames cracked in half.

Perhaps that is why Holly, a rigid figure on the bed, stared at José so blindly, seemed not to see the doctor, who, testing her pulse, crooned: "You're a tired young lady. Very tired. You want to go to sleep, don't you? Sleep."

Holly rubbed her forehead, leaving a smear of blood from a cut finger. "Sleep," she said, and whimpered like an exhausted, fretful child. "He's the only one would ever let me. Let me hug him on cold nights. I saw a place in Mexico. With horses. By the sea."

"With horses by the sea," lullabied the doctor, selecting from his black case a hypodermic.

José averted his face, queasy at the sight of a needle. "Her sickness is only grief?" he asked, his difficult English lending the question an unintended irony. "She is grieving only?"

"Didn't hurt a bit, now did it?" inquired the doctor, smugly dabbing Holly's arm with a scrap of cotton.

des œufs crus glissaient le long des murs et, au milieu des débris, le chat sans nom de Holly léchait calmement une flaque de lait.

Dans la chambre, l'odeur des flacons de parfum renversés me suffoqua. Je marchai sur les lunettes noires de Holly ; elles gisaient sur le sol, les verres déjà brisés, la monture cassée en deux.

Peut-être cela expliquait-il pourquoi Holly, étendue rigide sur le lit, fixait sur José un regard aveugle et ne semblait pas voir le docteur qui, lui prenant le pouls, murmurait : « Vous êtes une jeune femme fatiguée. Très fatiguée. Vous avez besoin de dormir, n'est-ce pas ? De dormir. »

Holly se frotta le front, y laissant une trace de sang provenant d'une coupure au doigt. « Dormir, dit-elle, et elle gémit comme une enfant épuisée, déroutée. C'est le seul qui m'a jamais laissée… laissée me serrer contre lui par les nuits froides. J'ai vu un endroit à Mexico. Avec des chevaux. Près de la mer.

— Avec des chevaux près de la mer », chantonna le docteur en sortant une seringue de son sac noir.

José détourna la tête, défaillant à la vue de l'aiguille. « Sa maladie, c'est seulement chagrin ? demanda-t-il, son anglais approximatif conférant à sa question une ironie involontaire. C'est seulement chagrin ?

— Ça ne vous a pas fait mal, n'est-ce pas ? » s'enquit le docteur en tamponnant d'un air satisfait le bras de Holly avec un coton.

She came to sufficiently to focus the doctor. "*Everything* hurts. Where are my glasses?" But she didn't need them. Her eyes were closing of their own accord.

"She is only grieving?" insisted José.

"Please, sir," the doctor was quite short with him, "if you will leave me alone with the patient."

José withdrew to the front room, where he released his temper on the snooping, tiptoeing presence of Madame Spanella. "Don't touch me! I'll call the police," she threatened as he whipped her to the door with Portuguese oaths.

He considered throwing me out, too; or so I surmised from his expression. Instead, he invited me to have a drink. The only unbroken bottle we could find contained dry vermouth. "I have a worry," he confided. "I have a worry that this should cause scandal. Her crashing everything. Conducting like a crazy. I must have no public scandal. It is too delicate : my name, my work."

He seemed cheered to learn that I saw no reason for a "scandal"; demolishing one's own possessions was, presumably, a private affair.

"It is only a question of grieving," he firmly declared.

Elle revint suffisamment à elle pour fixer son regard sur le docteur. «Tout me fait mal. Où sont mes lunettes?» Mais elle n'en avait pas besoin. Ses yeux se refermaient d'eux-mêmes.

«C'est seulement chagrin? insista José.

— S'il vous plaît, monsieur (le docteur avait pris avec lui un ton sec), voulez-vous me laisser seul avec la patiente?»

José se retira dans la pièce du devant où il donna libre cours à son humeur contre la présence furtive et fouineuse de Mme Spanella. «Ne me touchez pas! J'appelle la police!» menaça-t-elle, tandis qu'il la chassait vers la porte à grand renfort de jurons portugais.

Il envisagea également de me jeter dehors; ou, du moins, le présumai-je d'après son expression. Puis, au contraire, il m'invita à boire un verre. La seule bouteille intacte contenait du vermouth. «J'ai un souci, me confia-t-il. J'ai un souci que cette histoire cause un scandale. Cette façon de tout casser. De se conduire comme une folle. Je dois éviter un scandale public. C'est trop délicat. Mon nom, mon travail.»

Il parut réconforté d'apprendre que je ne voyais là aucune raison de «scandale»; démolir ses propres affaires n'était, semblait-il, qu'un problème privé.

«C'est seulement une question de chagrin, déclara-t-il d'un ton ferme.

"When the sadness came, first she throws the drink she is drinking. The bottle. Those books. A lamp. Then I am scared. I hurry to bring a doctor."

"But why?" I wanted to know. "Why should she have a fit over Rusty? If I were her, I'd celebrate."

"Rusty?"

I was still carrying my newspaper, and showed him the headline.

"Oh, that." He grinned rather scornfully. "They do us a grand favor, Rusty and Mag. We laugh over it: how they think they break our hearts when all the time we *want* them to run away. I assure you, we were laughing when the sadness came." His eyes searched the litter on the floor; he picked up a ball of yellow paper. "This," he said.

It was a telegram from Tulip, Texas: *Received notice young Fred killed in action overseas stop your husband and children join in the sorrow of our mutual loss stop letter follows love Doc.*

Holly never mentioned her brother again: except once. Moreover, she stopped calling me Fred. June, July, all through the warm months she hibernated like a winter animal who did not know spring had come and gone. Her hair darkened, she put on weight. She became rather careless about her clothes:

Quand la tristesse est venue, d'abord elle jette le verre qu'elle boit, la bouteille, les livres, une lampe. Alors, j'ai peur. Je vais vite chercher un docteur.

— Mais pourquoi? m'enquis-je. Pourquoi piquerait-elle une crise contre Rusty? À sa place, moi, je pavoiserais.

— Rusty?»

J'avais toujours mon journal sur moi et je lui montrai le gros titre.

«Oh, ça.» Il eut un sourire plutôt méprisant. «Ils nous rendent un grand service, Rusty et Mag. Nous avons bien ri : ils croient nous briser le cœur quand tout le temps nous *voulons* qu'ils s'en aillent. Je vous assure, nous étions en train de rire quand la tristesse est venue.» Ses yeux parcoururent la pagaille sur le sol. Il ramassa une boule de papier jaune. «Ça», dit-il.

C'était un télégramme venant de Tulip, Texas. *Reçu avis décès jeune Fred tué au combat en Europe, stop. Ton mari et enfants unis dans tristesse perte mutuelle, stop. Lettre suit. Tendresses, Doc.*

Holly ne fit plus jamais allusion à son frère sauf une fois. De plus, elle cessa de m'appeler Fred. En juin, en juillet, tout au long des mois chauds, elle hiberna comme un animal d'hiver qui ne sait pas que le printemps est venu et reparti. Ses cheveux foncèrent, elle prit du poids. Elle devint négligente pour s'habiller;

used to rush round to the delicatessen wearing a rain-slicker and nothing underneath. José moved into the apartment, his name replacing Mag Wildwood's on the mailbox. Still, Holly was a good deal alone, for José stayed in Washington three days a week. During his absences she entertained no one and seldom left the apartment — except on Thursdays, when she made her weekly trip to Ossining.

Which is not to imply that she had lost interest in life; far from it, she seemed more content, altogether happier than I'd ever seen her. A keen sudden un-Holly-like enthusiasm for home-making resulted in several un-Holly-like purchases: at a Parke-Bernet auction she acquired a stag-at-bay hunting tapestry and, from the William Randolph Hearst estate, a gloomy pair of Gothic "easy" chairs; she bought the complete Modern Library, shelves of classical records, innumerable Metropolitan Museum reproductions (including a statue of a Chinese cat that her own cat hated and hissed at and ultimately broke), a Waring mixer and a pressure cooker and a library of cook books.

elle prit l'habitude de se précipiter à la charcute-
rie en portant un imperméable et rien dessous.
José s'installa dans l'appartement; son nom rem-
plaça celui de Mag Wildwood sur la boîte aux
lettres. Pourtant, Holly était bien souvent seule
car José séjournait à Washington trois jours par
semaine. Durant ses absences, elle ne recevait
personne et ne quittait que rarement l'appartement — excepté le jeudi, quand elle allait faire à
Ossining sa visite hebdomadaire.

Non qu'elle eût perdu tout intérêt pour la vie;
loin de là; elle semblait plus sereine, plus heureuse, dans l'ensemble, que je ne l'avais jamais
vue. Un enthousiasme soudain et an-Hollien pour
la vie au foyer eut pour résultat plusieurs acquisi-
tions an-Holliennes : à une vente aux enchères
chez Parke Bernet, elle acheta une tapisserie
représentant un cerf aux abois et, provenant des
biens de William Randolph Hearst[1], une paire
lugubre de fauteuils gothiques. Elle acheta aussi
la «Bibliothèque moderne» complète, des piles
de disques classiques, d'innombrables reproductions du Metropolitan Museum (y compris une
statue de chat siamois que son propre chat haïs-
sait en crachant et finit par casser), un mixer
Waring, un autocuiseur et une collection de
livres de cuisine.

1. Le magnat de la presse, héros de *Citizen Kane*, d'Orson
Welles.

She spent whole hausfrau afternoons slopping about in the sweatbox of her midget kitchen : "José says I'm better than the Colony. Really, who would have dreamed I had such a great natural talent? A month ago I couldn't scramble eggs." And still couldn't, for that matter. Simple dishes, steak, a proper salad, were beyond her. Instead, she fed José, and occasionally myself, *outré* soups (brandied black terrapin poured into avocado shells), Nero-ish novelties (roasted pheasant stuffed with pomegranates and persimmons) and other dubious innovations (chicken and saffron rice served with a chocolate sauce : "An East Indian classic, *my* dear.") Wartime sugar and cream rationing restricted her imagination when it came to sweets — nevertheless, she once managed something called Tobacco Tapioca : best not describe it.

Nor describe her attempts to master Portuguese, an ordeal as tedious to me as it was to her, for whenever I visited her an album Linguaphone records never ceased rotating on the phonograph. Now, too, she rarely spoke a sentence that did not begin, "After we're married —" or "When we move to Rio —" Yet José had never suggested marriage. She admitted it. "But, after all, he *knows* I'm preggers. Well, I am, darling.

Elle passait des après-midi entiers de *Hausfrau* à traînailler dans l'étuve de la kitchenette : « José dit que ma cuisine est meilleure que celle du Colony. Franchement, qui aurait pu rêver que j'avais un aussi grand talent naturel ? Il y a un mois, j'étais incapable de faire des œufs brouillés. » D'ailleurs, elle l'était toujours. Des plats simples, un steak, une salade verte la dépassaient. En revanche, elle nourrissait José, et parfois moi-même, de soupes aberrantes (tortue au cognac dans des écorces d'avocats), de créations néroniennes (faisan rôti farci de grenades et de kakis) et autres innovations contestables (poulet et riz au safran servis avec une sauce au chocolat : « Un classique des Indes orientales, mon cher. ») Le sucre du temps de guerre et la crème rationnée restreignaient son imagination en matière de douceurs. Elle réussit néanmoins un jour à faire ce qu'elle appelait un tapioca au tabac : mieux vaut ne pas le décrire.

Ni décrire ses tentatives pour maîtriser le portugais, une épreuve aussi usante pour moi que pour elle, car chaque fois que j'allais la voir, un album de disques Linguaphone ne cessait de tourner sur le phonographe. Elle prononçait rarement alors une phrase qui ne commençât pas par : « Après notre mariage » ou « Quand nous nous installerons à Rio… » Cependant, José n'avait jamais suggéré le mariage, elle le reconnaissait. « Mais, après tout, il sait que je suis en cloque. Mais oui, chéri, je le suis.

Six weeks gone. I don't see why *that* should surprise you. It didn't me. Not *un peu* bit. I'm
delighted. I want to have at least nine. I'm sure
some of them will be rather dark — José has a
touch of *le nègre*, I suppose you guessed that?
Which is fine by me : what could be prettier than
a quite coony baby with bright green beautiful
eyes? I wish, please don't laugh — but I wish I'd
been a virgin for him, for José. Not that I've
warmed the multitudes some people say : I don't
blame the bastards for *saying* it, I've always
thrown out such a jazzy line. Really, though, I
toted up the other night, and I've only had eleven
lovers — not counting anything that happened
before I was thirteen because, after all, that
just *doesn't* count. Eleven. Does that make me
a whore? Look at Mag Wildwood. Or Honey
Tucker. Or Rose Ellen Ward. They've had the
old clap yo'-hands so many times it amounts to
applause. Of course I haven't anything *against*
whores. Except this : some of them may have an
honest tongue but they all have dishonest hearts.
I mean, you can't bang the guy and cash his
checks and at least not *try* to believe you love
him. I never have. Even Benny Shacklett and all
those rodents. I sort of hypnotized myself into
thinking their sheer rattiness had a certain allure.
Actually, except for Doc, if you want to count
Doc, José is my first non-rat romance.

Depuis six semaines. Je ne vois pas pourquoi ça t'étonnerait. Ça ne m'a pas étonnée, moi. Pas *un peu* du tout. Je suis ravie. Je veux en avoir au moins neuf. Je suis sûre que certains seront très foncés. José a une touche de *le nègre*. Je suppose que tu t'en doutais, toi ? Ce qui ne me dérange pas. Quoi de plus mignon qu'un bébé chocolat avec de beaux yeux verts brillants ? Si seulement — je t'en prie, ne rie pas — si seulement j'avais été vierge pour lui, pour José. Non que je me sois envoyée en l'air avec ces foules dont parlent certains ; je ne reproche pas à ces salauds de le dire, j'ai toujours fait sensation. Non mais, c'est vrai, j'ai fait le total, l'autre nuit, et j'ai seulement eu onze amants — sans compter ce qui a pu m'arriver avant mes treize ans parce que après tout ça ne *compte* pas. Onze. Est-ce que ça fait de moi une pute ? Regarde Mag Wildwood ou Honey Tucker. Ou Rose Ellen Ward. Elles ont tellement changé de partenaires que ça donne le tournis. Bien sûr, j'ai rien *contre* les putains. Sauf ceci : certaines sont peut-être sincères en paroles mais leurs cœurs ne le sont pas, je veux dire, on peut pas se taper un type, toucher ses chèques sans essayer au moins de croire qu'on a le béguin pour lui. Jamais je l'ai fait. Même avec Benny Shacklett et tous ces fumiers. Je me suis hypnotisée moi-même pour me faire croire que leur pure vacherie avait une certaine allure. En fait, excepté Doc, si on veut compter Doc, José est mon premier qui ne soit pas un fumier.

Oh, he's not my idea of the absolute finito. He tells little lies and he worries what people *think* and he takes about fifty baths a day : men ought to smell *some*what. He's too prim, too cautious to be my guy ideal; he always turns his back to get undressed and he makes too much noise when he eats and I don't like to see him run because there's something funny-looking about him when he runs. If I were free to choose from everybody alive, just snap my fingers and say come here you, I wouldn't pick José. Nehru, he's nearer the mark. Wendell Willkie. I'd settle for Garbo any day. Why not? A person ought to be able to marry men or women or — listen, if you came to me and said you wanted to hitch up with Man o' War, I'd respect your feeling. No, I'm serious. Love should be allowed. I'm all for it. Now that I've got a pretty good idea what it is. Because I *do* love José — I'd stop smoking if he asked me to. He's *friendly*, he can laugh me out of the mean reds, only I don't have them much any more, except sometimes, and even then they're not so hideola that I gulp Seconal or have to haul myself to Tiffany's : I take his suit to the cleaner, or stuff some mushrooms, and I feel fine, just great. Another thing, I've thrown away my horoscopes.

Oh, ce n'est pas mon idée du *finito* absolu. Il fait des petits mensonges et il s'inquiète du qu'en-dira-t-on et il prend cinquante bains par jour : les hommes doivent sentir *un peu*. Il est trop soigné, trop prudent pour être mon mec idéal ; il tourne toujours le dos pour se déshabiller et il fait trop de bruit en mangeant et je n'aime pas le voir courir parce qu'il a une drôle d'allure quand il court. Si j'étais libre de choisir parmi les vivants, de claquer des doigts et de dire "toi, viens ici", je ne choisirais pas José. Nehru serait plus dans mes cordes. Wendell Willkie[1]. Garbo, sans un pli. Pourquoi pas ? On devrait pouvoir épouser des hommes ou des femmes ou — écoute, si tu venais me trouver pour me dire que tu veux te mettre à la colle avec Man o' War[2], je respecterais tes sentiments. Non, sans blague. L'amour devrait être permis. Je suis pour à fond. Maintenant que j'ai une idée assez nette de ce que c'est. Parce que j'*aime* José — je m'arrêterais de fumer s'il me le demandait. Il est *amical*, il arrive à me faire rire, à m'ôter ma boule, d'ailleurs, je ne l'ai presque plus, sauf quelquefois, et même alors elle n'est pas assez horrible pour que je me tape un Seco-nal ou me traîne chez Tiffany : je porte son com-plet chez le teinturier ou je farcis des champi-gnons et je me sens bien, d'attaque. Autre chose, j'ai balancé mes horoscopes.

1. Candidat à la présidence en 1940 (1892-1944).
2. Célèbre cheval de course.

I must have spent a dollar on every goddamn star in the goddamn planetarium. It's a bore, but the answer is good things only happen to you if you're good. Good? Honest is more what I mean. Not law-type honest — I'd rob a grave, I'd steal two-bits off a dead man's eyes if I thought it would contribute to the day's enjoyment — but unto-thyself-type honest. Be anything but a coward, a pretender, an emotional crook, a whore: I'd rather have cancer than a dishonest heart. Which isn't being pious. Just practical. Cancer *may* cool you, but the other's sure to. Oh, screw it, cookie — hand me my guitar and I'll sing you a *fado* in *the* most perfect Portuguese."

Those final weeks, spanning end of summer and the beginning of another autumn, are blurred in memory, perhaps because our understanding of each other had reached that sweet depth where two people communicate more often in silence than in words: an affectionate quietness replaces the tensions, the unrelaxed chatter and chasing about that produce a friendship's more showy, more, in the surface sense, dramatic moments. Frequently, when *he* was out of town (I'd developed hostile attitudes toward *him*, and seldom used his name) we spent entire evenings together during which we exchanged less than a hundred words;

J'ai bien dû claquer un dollar sur toutes les fou-tues étoiles de ce foutu planétarium. C'est un cli-ché, mais la réponse c'est que les bonnes choses ne vous arrivent que si vous êtes bon… Bon? Je veux plutôt dire honnête. Pas honnête du genre légal — je pillerais une tombe, je volerais les yeux d'un mort si je pensais que ça peut égayer ma journée — mais honnête vis-à-vis de soi. Être n'importe quoi sauf un lâche, un faux-jeton, un escroc au sentiment, une pute. Je préférerais avoir un cancer qu'un cœur déshonnête. Je ne joue pas les bigotes. Je suis simplement pratique. Le cancer peut vous flinguer mais l'autre sûre-ment. Oh, laisse tomber, mon chou, passe-moi ma guitare et je vais te chanter un fado dans le *meilleur* portugais. »

Ces dernières semaines couvrant la fin de l'été et le début d'un autre automne restent floues dans ma mémoire, peut-être parce que notre entente réciproque avait atteint cette suave pro-fondeur où deux êtres communiquent plus souvent dans le silence qu'avec des mots. Une affectueuse sérénité remplace les tensions, les bavardages fébriles et cette quête qui engendre les moments plus spectaculaires en surface et plus voyants d'une amitié. Souvent, quand *il* était absent de la ville (j'avais conçu une vive hostilité envers *lui* et prononçais rarement son nom), nous passions des soirées entières ensemble durant les-quelles nous échangions moins de cent mots ;

once, we walked all the way to Chinatown, ate a chow-mein supper, bought some paper lanterns and stole a box of joss sticks then moseyed across the Brooklyn Bridge, and on the bridge, as we watched seaward-moving ships pass between the cliffs of burning skyline, she said : "Years from now, years and years, one of those ships will bring me back, me and my nine Brazilian brats. Because yes, they *must* see this, these lights, the river — I love New York, even though it isn't mine, the way something has to be, a tree or a street or a house, something, anyway, that belongs to me because I belong to it." And I said : "Do shut up," for I felt infuriatingly left out — a tug-boat in dry-dock while she, glittery voyager of secure destination, steamed down the harbor with whistles whistling and confetti in the air.

So the days, the last days, blow about in memory, hazy, autumnal, all alike as leaves : until a day unlike any other I've lived.

It happened to fall on the 30th of September, my birthday, a fact which had no effect on events, except that, expecting some form of monetary remembrance from my family, I was eager for the postman's morning visit.

un jour, nous allâmes à pied jusqu'à Chinatown, nous nous offrîmes un chow-mein, achetâmes des lanternes en papier, volâmes une boîte de bâtons d'encens puis flânâmes vers Brooklyn Bridge et, une fois sur le pont, tandis que nous regardions les navires en route vers le large qui passaient entre les falaises de l'horizon flamboyant, elle déclara : « Dans des années, des années et des années, un de ces bateaux me ramènera, moi et mes neuf gosses brésiliens. Parce que, oui, il *faut* qu'ils voient ça, ces lumières, le fleuve. J'aime New York, même s'il n'est pas à moi comme doit l'être n'importe quoi, un arbre, une rue, une maison, enfin quelque chose qui m'appartient parce que je lui appartiens. » Et je lui dis : « Oh, tais-toi », car je me sentais atrocement laissé pour compte — un remorqueur en cale sèche, tandis qu'elle, scintillante voyageuse, sûre de sa destination, rentrait dans le port au milieu d'un concert de sifflements et une pluie de confettis.

Ainsi, les jours, les derniers jours flottent dans ma mémoire, brumeux, automnaux, semblables à des feuilles, jusqu'à cette journée différente de toutes celles que j'ai vécues.

La chose arriva le 30 septembre, jour de mon anniversaire, fait qui n'eut pas d'incidence sur les événements sinon qu'espérant quelque forme de souvenir pécuniaire de la part de ma famille, j'attendais impatiemment la visite matinale du facteur.

Indeed, I went downstairs and waited for him. If I had not been loitering in the vestibule, then Holly would not have asked me to go horseback riding; and would not, consequently, have had the opportunity to save my life.

"Come on," she said, when she found me awaiting the postman. "Let's walk a couple of horses around the park." She was wearing a wind-breaker and a pair of blue jeans and tennis shoes; she slapped her stomach, drawing attention to its flatness: "Don't think I'm out to lose the heir. But there's a horse, my darling old Mabel Minerva — I can't go without saying good-bye to Mabel Minerva."

"Good-bye?"

"A week from Saturday. José bought the tickets." In rather a trance, I let her lead me down to the street. "We change planes in Miami. Then over the sea. Over the Andes. Taxi!"

Over the Andes. As we rode in a cab across Central Park it seemed to me as though I, too, were flying, desolately floating over snow-peaked and perilous territory.

"But you can't. After all, what about. Well, what about. Well, you can't *really* run off and leave everybody."

"I don't think anyone will miss me. I have no friends."

En fait, je descendis même de chez moi pour l'attendre. Si je n'avais pas traîné dans le hall, Holly ne m'aurait pas proposé d'aller faire un tour à cheval et, par conséquent, n'aurait pas eu l'occasion de me sauver la vie.

«Viens donc, me dit-elle quand elle me trouva, attendant le facteur. Allons dans le parc nous balader à cheval.» Elle portait un anorak, un jean et des sandales de tennis; elle se tapota l'estomac pour attirer mon attention sur sa sveltesse. «Ne t'imagine pas que je veux perdre l'héritier. Mais il y a un cheval, ma chère vieille Mabel Minerva — je ne peux pas partir sans dire au revoir à Mabel Minerva.

— Au revoir?

— Dans huit jours à compter de samedi. José a acheté les billets.» Comme en transe, je la laissai me précéder dans la rue. «Nous changeons d'avion à Miami. Ensuite, au-dessus de la mer. Au-dessus des Andes. Taxi!»

Au-dessus des Andes. Tandis que nous traversions en taxi Central Park, j'eus l'impression que, moi aussi, je volais, flottant dans l'affliction au-dessus de pics neigeux et d'une périlleuse contrée.

«Mais tu ne peux pas. Après tout, mais pourquoi? Voyons, pourquoi? Enfin, tu ne peux pas filer comme ça et abandonner tout le monde.

— Je ne crois pas que quiconque me regrettera. Je n'ai pas d'amis.

"I will. Miss you. So will Joe Bell. And oh — millions. Like Sally. Poor Mr. Tomato."

"I loved old Sally," she said, and sighed. "You know I haven't been to see him in a month? When I told him I was going away, he was an angel. *Actually*" — she frowned — "he seemed *delighted* that I was leaving the country. He said it was all for the best. Because sooner or later there might be trouble. If they found out I wasn't his real niece. That fat lawyer, O'Shaughnessy, O'Shaughnessy sent me five hundred dollars. In cash. A wedding present from Sally."

I wanted to be unkind. "You can expect a present from me, too. When, and if, the wedding happens."

She laughed. "He'll marry me, all right. In church. And with his family there. That's why we're waiting till we get to Rio."

"Does he know you're married already?"

"What's the matter with you? Are you trying to ruin the day? It's a beautiful day : leave it alone !"

"But it's perfectly possible —"

"It *isn't* possible. I've told you, that wasn't legal. It *couldn't* be." She rubbed her nose, and glanced at me sideways. "Mention that to a living soul, darling. I'll hang you by your toes and dress you for a hog."

— Moi, si. Tu vas me manquer. Et à Joe Bell aussi. Et, oh… à des millions de gens. Comme Sally. Pauvre M. Tomato.

— J'aimais bien le vieux Sally, dit-elle, et elle soupira. Tu sais que je ne l'ai pas vu depuis un mois ? Quand je lui ai dit que je m'en allais, il a été un ange. *Réellement.* » Elle fronça les sourcils. « Il avait l'air ravi que je quitte le pays. Il a dit que tout était pour le mieux. Parce que, tôt ou tard, il risquait d'y avoir des pépins s'ils découvraient que je n'étais pas sa vraie nièce. Ce gros avocat, O'Shaughnessy, O'Shaughnessy m'a envoyé cinq cents dollars. En liquide. Cadeau de mariage de Sally. »

J'avais envie d'être méchant : « Tu peux aussi compter sur un cadeau de moi — si le mariage a lieu. »

Elle se mit à rire : « Oh, il m'épousera. À l'église. Et avec la famille présente. C'est pour ça que nous attendons d'être à Rio.

— Il sait que tu es déjà mariée ?

— Qu'est-ce qui te prend ? Tu essaies de gâcher la journée ? Il fait très beau. Laisse tomber.

— Mais il est parfaitement possible…

— C'est *impossible.* Je te l'ai dit. Ce n'était pas légal. Ça ne *pouvait* pas l'être. » Elle se frotta le nez et me coula un regard de côté. « Dis un mot de ça à âme qui vive, mon chou, je te pends par les doigts de pied et je te grille comme un porc. »

The stables — I believe they have been replaced by television studios — were on West Sixty-sixth street. Holly selected for me an old sway-back black and white mare : "Don't worry, she's safer than a cradle." Which, in my case, was a necessary guarantee, for ten-cent pony rides at childhood carnivals were the limit of my equestrian experience. Holly helped hoist me into the saddle, then mounted her own horse, a silvery animal that took the lead as we jogged across the traffic of Central Park West and entered a riding path dappled with leaves denuding breezes danced about.

"See?" She shouted. "It's great!"

And suddenly it was. Suddenly, watching the tangled colors of Holly's hair flash in the red-yellow leaf light, I loved her enough to forget myself, my self-pitying despairs, and be content that something she thought happy was going to happen. Very gently the horses began to trot, waves of wind splashed us, spanked our faces, we plunged in and out of sun and shadow pools, and joy, a glad-to-be-alive exhilaration, jolted through me like a jigger of nitrogen. That was one minute; the next introduced farce in grim disguise.

Les écuries — je crois qu'elles ont été remplacées par des studios de télévision — se trouvaient sur la 66e Rue Ouest. Holly choisit pour moi une vieille jument ensellée noir et blanc. « Ne t'inquiète pas, elle est plus sûre qu'un berceau. » Ce qui, dans mon cas, était une garantie indispensable car mon expérience équestre se limitait à des promenades à dix *cents* à dos de poney lors de fêtes foraines dans mon enfance. Holly m'aida à me mettre en selle puis monta sur son propre cheval, une bête argentée qui prit la tête tandis que nous louvoyions à travers la circulation dans Central Park West et nous engagions dans une allée cavalière jonchée de feuilles que faisait voltiger la brise.

— Tu vois ? cria-t-elle. C'est merveilleux ! »

Et soudain, ce le fut. Soudain, regardant les couleurs panachées de la chevelure de Holly dans la lumière orangée des feuilles, je l'aimai assez pour m'oublier moi-même, oublier mes désespoirs d'auto-apitoiement et me réjouir de l'imminence d'un événement qu'elle jugeait heureux. Très doucement, les chevaux se mirent au trot ; des rafales de vent nous balayaient, nous souffletaient le visage, nous plongions tour à tour dans des plaques d'ombre et de soleil et une allégresse, un bonheur de vivre me parcourut comme une giclée d'azote. Cela dura une minute ; la suivante se mua en une parodie de farce sinistre.

For all at once, like savage members of a jungle ambush, a band of Negro boys leapt out of the shrubbery along the path. Hooting, cursing, they launched rocks and thrashed at the horse's rumps with switches.

Mine, the black and white mare, rose on her hind legs, whinnied, teetered like a tightrope artist, then blue-streaked down the path, bouncing my feet out of the stirrups and leaving me scarcely attached. Her hooves made the gravel stones spit sparks. The sky careened. Trees, a lake with little-boy sailboats, statues went by lickety-split. Nursemaids rushed to rescue their charges from our awesome approach; men, bums and others, yelled: "Pull in the reins!" and "Whoa, boy, whoa!" and "Jump!" It was only later that I remembered these voices; at the time I was simply conscious of Holly, the cowboy-sound of her racing behind me, never quite catching up, and over and over calling encouragements. Onward: across the park and out into Fifth Avenue: stampeding against the noonday traffic, taxis, buses that screechingly swerved. Past the Duke mansion, the Frick Museum, past the Pierre and the Plaza. But Holly gained ground; moreover, a mounted policeman had joined the chase:

216

Car tout à coup, tels des sauvages dans une embuscade de brousse, une bande de jeunes Noirs bondit des buissons dans l'allée. Hurlant, jurant, ils se mirent à nous jeter des pierres et à cingler la croupe des chevaux avec des baguettes.

Le mien, la jument noir et blanc, se cabra sur ses pattes arrière, hennit, vacilla comme un fildefériste, puis partit en flèche le long de l'allée, me faisant perdre les étriers et me laissant au bord de la chute. Sur les graviers du sol, ses sabots crachaient des étincelles. Le ciel chavirait. Des arbres, un lac avec des voiliers d'enfant, des statues passèrent comme l'éclair. Des nurses se précipitaient pour sauver leur marmaille de notre charge terrifiante; des hommes, des clochards, d'autres encore hurlaient : « Tirez les rênes ! » et « Oh là oh ! » et « Sautez ! ». Je ne me souvins de ces voix que plus tard : sur le moment, je n'eus conscience que de Holly, de son galop de cowboy derrière moi, de son impuissance à me rattraper, de ses cris d'encouragement répétés. En avant : à travers le parc, puis sur la Cinquième Avenue. Fonçant à contre-courant dans la circulation de midi, taxis, autobus, avec leurs grinçantes embardées, filant devant l'hôtel le Duke[1], le Frick Museum, le Pierre, le Plaza[2]. Mais Holly gagnait du terrain; en outre, un policier à cheval s'était joint à la poursuite.

1. Hôtel particulier de J. B. Duke, magnat du tabac (1850-1925).
2. Le Pierre et le Plaza sont de grands hôtels de Manhattan.

flanking my runaway mare, one on either side, their horses performed a pincer movement that brought her to a steamy halt. It was then, at last, that I fell off her back. Fell off and picked myself up and stood there, not altogether certain where I was. A crowd gathered. The policeman huffed and wrote in a book: presently he was most sympathetic, grinned and said he would arrange for our horses to be returned to their stable.

Holly put us in a taxi. "Darling. How do you feel?"

"Fine."

"But you haven't *any* pulse," she said, feeling my wrist.

"Then I must be dead."

"No, idiot. This is serious. Look at me."

The trouble was, I couldn't see her; rather, I saw several Hollys, a trio of sweaty faces so white with concern that I was both touched and embarrassed. "Honestly. I don't feel anything. Except ashamed."

"Please. Are you sure? Tell me the truth. You might have been killed."

"But I wasn't. And thank you. For saving my life. You're wonderful. Unique. I love you."

"Damn fool." She kissed me on the cheek. Then there were four of her, and I fainted dead away.

Flanquant ma jument déchaînée de chaque côté, leurs chevaux effectuèrent un mouvement de tenailles qui l'amena à une halte écumante. Ce fut alors que je tombai de ma selle ; je tombai, me relevai et restai là, immobile, sans trop savoir où j'étais. Une foule se rassembla. Le policier, l'air excédé, se mit à écrire dans un carnet ; bientôt, il devint plus aimable, sourit et dit qu'il s'arrangerait pour que nos chevaux soient ramenés à leur écurie.

Holly arrêta pour nous un taxi : « Comment te sens-tu, mon chou ?

— Très bien.

— Mais tu n'as plus de pouls, dit-elle en me palpant le poignet.

— Alors, je dois être mort.

— Mais non, idiot, c'est sérieux. Regarde-moi. »

L'ennui, c'est que je ne parvenais pas à la voir ; ou plutôt, je voyais plusieurs Holly, un trio de visages luisants de sueur, si pâles d'inquiétude que j'en fus à la fois touché et embarrassé. « Sincèrement, je n'éprouve rien de particulier, sauf de la honte.

— Je t'en prie, tu es sûr ? Dis-moi la vérité, tu aurais pu être tué.

— Mais je ne l'ai pas été. Et merci. De m'avoir sauvé la vie. Tu es merveilleuse. Unique. Je t'aime.

— Fichu idiot. » Elle m'embrassa sur la joue. Cette fois, je la vis quadruple et je tombai dans les pommes.

That evening, photographs of Holly were front-pages by the late edition of the *Journal-American* and by the early editions of both the *Daily News* and the *Daily Mirror*. The publicity had nothing to do with runaway horses. It concerned quite another matter, as the headlines revealed: PLAYGIRL ARRESTED IN NARCOTICS SCANDAL (*Journal-American*), ARREST DOPE-SMUGGLING ACTRESS (*Daily News*), DRUG RING EXPOSED, GLAMOUR GIRL HELD (*Daily Mirror*).

Of the lot, the *News* printed the most striking picture: Holly, entering police headquarters, wedged between two muscular detectives, one male, one female. In this squalid context even her clothes (she was still wearing her riding costume, windbreaker and blue jeans) suggested a gang-moll hooligan: an impression dark glasses, disarrayed coiffure and a Picayune cigarette dangling from sullen lips did not diminish. The caption read: *Twenty-year-old Holly Golightly, beautiful movie starlet and café society celebrity D. A. alleges to be key figure in international drug-smuggling racket linked to racketeer Salvatore "Sally" Tomato. Dets. Patrick Connor and Sheilah Fezzonetti (L. and R.) are shown escorting her into 67th St. Precinct. See story on Pg. 3.*

Ce soir-là, des photos de Holly firent la une de la dernière édition du *Journal-American* et les premières éditions du *Daily News* et du *Daily Mirror*. Cette publicité n'avait rien à voir avec nos chevaux emballés. Elle concernait un tout autre problème, comme le révélaient les gros titres : SCANDALEUSE AFFAIRE DE STUPÉFIANTS : UNE PLAY-GIRL ARRÊTÉE (*Journal-American*). ARRESTATION D'UNE ACTRICE POUR TRAFIC DE DROGUE (*Daily News*). RÉSEAU DE DROGUE DÉMASQUÉ. UNE PIN-UP SOUS LES VERROUS (*Daily Mirror*).

Des trois, le *News* publiait la photo la plus frappante. Holly entrant au commissariat de police, encadrée par deux athlétiques policiers, l'un mâle, l'autre femelle. Dans ce sordide contexte, ses vêtements mêmes (elle portait toujours sa tenue de cheval, anorak et jean) suggérait une poule de gangster de bas étage, impression que les lunettes sombres, les cheveux ébouriffés et un mégot pendant de lèvres boudeuses ne diminuaient en rien. La légende disait : *Holly Golightly, vingt ans, ravissante starlette et célébrité de la jet-set, soupçonnée par le D. A. d'être la cheville ouvrière d'un trafic international de drogue lié au racketteur Salvatore « Sally » Tomato. Les inspecteurs Patrick Connor et Sheila Fezzonetti (ci-dessus, à gauche et à droite) la font entrer dans le commissariat de la 67ᵉ Rue. Voir article en p. 3.*

The story, featuring a photograph of a man identified as Oliver "Father" O'Shaughnessy (shielding his face with a fedora), ran three full columns. Here, somewhat condensed, are the pertinent paragraphs : *Members of café society were stunned today by the arrest of gorgeous Holly Golightly, twenty-year-old Hollywood starlet and highly publicized girl-about-New York. At the same time, 2 P.M., police nabbed Oliver O'Shaughnessy, 52, of the Hotel Seabord, W. 49th St., as he exited from a Hamburg Heaven on Madison Ave. Both are alleged by District Attorney Frank L. Donovan to be important figures in an international drug ring dominated by the notorious Mafia-führer Salvatore "Sally" Tomato, currently in Sing Sing serving a five-year rap for political bribery... O'Shaughnessy, a defrocked priest variously known in crimeland circles as "Father" and "The Padre," has a history of arrests dating back to 1934, when he served two years for operating a phony Rhode Island mental institution, The Monastery. Miss Golightly, who has no previous criminal record, was arrested in her luxurious apartment at a swank East Side address...*

Le texte, orné de la photo d'un homme identifié comme le «Père» Oliver O'Shaughnessy (se cachant le visage de son feutre), occupait trois colonnes. Voici, quelque peu condensés, les passages les plus marquants : *Les membres de la jet-set ont été stupéfaits aujourd'hui par l'arrestation de la séduisante Holly Golightly, starlette hollywoodienne de vingt ans et coqueluche des milieux huppés new-yorkais. À la même heure (deux heures du matin), la police a cueilli Oliver O'Shaughnessy, cinquante-deux ans, résidant à l'hôtel Seabord, 49ᵉ Rue Ouest, à la sortie d'un Hamburg Heaven sur Madison Avenue. L'une et l'autre sont considérés par le District Attorney, Frank L. Donovan, comme des personnages clefs d'un réseau international de trafic de drogue coiffé par le notoire chef de la Mafia, Salvatore «Sally» Tomato, actuellement détenu à Sing Sing où il purge une peine de cinq ans pour corruption politique. [...] O'Shaughnessy, prêtre défroqué diversement connu dans le milieu de la pègre sous le nom de «Père» et de «Padre», a collectionné les arrestations depuis 1934 où il a fait deux ans de prison pour avoir dirigé un pseudo-asile psychiatrique à Rhode Island, le «Monastère». Mlle Golightly, dont le casier judiciaire est vierge, a été arrêtée dans son luxueux appartement, dans un quartier chic de l'East Side. [...]*

Although the D. A.'s office has issued no formal statement, responsible sources insist the blond and beautiful actress, not long ago the constant companion of multimillionaire Rutherfurd Trawler, has been acting as "liaison" between the imprisoned Tomato and his chief-lieutenant, O'Shaughnessy... Posing as a relative of Tomato's, Miss Golightly is said to have paid weekly visits to Sing Sing, and on these occasions Tomato supplied her with verbally coded messages which she then transmitted to O'Shaughnessy. Via this link, Tomato, believed to have been born in Cefalu, Sicily, in 1874, was able to keep first-hand control of a world-wide narcotics syndicate with outposts in Mexico, Cuba, Sicily, Tangier, Tehran and Dakar. But the D.A.'s office refused to offer any detail on these allegations or even verify them... Tipped off, a large number of reporters were on hand at the E. 67th St. Precinct station when the accused pair arrived for booking. O'Shaughnessy, a burly red-haired man, refused comment and kicked one cameraman in the groin. But Miss Golightly, a fragile eyeful, even though attired like a tomboy in slacks and leather jacket, appeared relatively unconcerned. "Don't ask me what the hell this is about," she told reporters. "Parce que je ne sais pas, mes chères. (Because I do not know, my dears). Yes — I have visited Sally Tomato. I used to go to see him every week. What's wrong with that? He believes in God, and so do I."...

Bien que le bureau du D.A. n'ait rendu publique aucune déclaration formelle, selon certaines sources dignes de foi, la blonde et jolie actrice, récemment encore compagne du multimillionnaire Rutherford Trawler, aurait joué un rôle de «liaison» entre le détenu Tomato et son premier lieutenant O'Shaughnessy. [...] Se faisant passer pour une parente de Tomato, Mlle Golightly aurait effectué des visites hebdomadaires à Sing Sing et, à ces occasions, Tomato lui aurait confié des messages oraux codés qu'elle transmettait à O'Shaughnessy. Grâce à ce lien, Tomato né, semble-t-il, à Cefalu, Sicile, en 1874, était en mesure de conserver le contrôle direct d'un syndicat international de la drogue, avec des avant-postes à Mexico, à Cuba, en Sicile, à Tanger, Téhéran et Dakar. Mais le bureau du D.A. a refusé de fournir le moindre détail sur ces allégations ou même de les confirmer. Alertés, un grand nombre de journalistes étaient rassemblés au commissariat de la 67e Rue Est lorsque les deux accusés sont arrivés pour être écroués. O'Shaughnessy, un robuste rouquin, s'est refusé à tout commentaire et a décoché un coup de pied au bas-ventre d'un opérateur. Mais Mlle Golightly, beauté fragile, bien que vêtue comme un garçon manqué d'un pantalon et d'un blouson de cuir, a semblé relativement peu affectée. «Ne me demandez surtout pas à quoi rime cette histoire, a-t-elle dit aux reporters. Parce que je ne sais pas, mes chères. *Oui, j'ai rendu visite à Sally Tomato. J'allais le voir toutes les semaines — quel mal y a-t-il à ça ? Il croit en Dieu et moi aussi.» [...]*

Then, under the subheading ADMITS OWN DRUG ADDICTION : *Miss Golightly smiled when a reporter asked whether or not she herself is a narcotics user. "I've had a little go at marijuana. It's not half so destructive as brandy. Cheaper, too. Unfortunately, I prefer brandy. No, Mr. Tomato never mentioned drugs to me. It makes me furious, the way these wretched people keep persecuting him. He's a sensitive, a religious person. A darling old man."*

There is one especially gross error in this report : she was not arrested in her "luxurious apartment." It took place in my own bathroom. I was soaking away my horse-ride pains in a tub of scalding water laced with Epsom salts ; Holly, an attentive nurse, was sitting on the edge of the tub waiting to rub me with Sloan's liniment and tuck me into bed. There was a knock at the front door. As the door was unlocked, Holly called Come in. In came Madame Sapphia Spanella, trailed by a pair of civilian-clothed detectives, one of them a lady with thick yellow braids roped round her head.

"*Here* she is : the wanted woman!" boomed Madame Spanella, invading the bathroom and leveling a finger, first at Holly's, then my nakedness. "Look. What a whore she is." The male detective seemed embarrassed : by Madame Spanella and by the situation ;

Ensuite, sous l'intertitre : ELLE RECONNAÎT S'ÊTRE DROGUÉE : *Mlle Golightly a souri lorsqu'un journaliste lui a demandé si elle faisait elle-même usage de drogue : «J'ai fait un petit essai avec la marijuana. C'est moitié moins nocif que le cognac. Moins cher aussi. Malheureusement, je préfère le cognac. Non, M. Tomato n'a jamais fait allusion à la drogue devant moi. Je suis indignée de voir ces misérables s'obstiner à le persécuter. C'est un homme sensible, religieux. Un vieil homme charmant. »*

Ce rapport comporte une grossière erreur ; elle ne fut pas arrêtée dans son «luxueux appartement». La chose eut lieu dans ma salle de bains. Je laissais mariner mes douleurs hippiques dans une baignoire d'eau brûlante assaisonnée de sels d'Epsom ; Holly, infirmière attentive, assise sur le bord de la baignoire, se préparait à me frictionner avec du liniment Sloan et à me mettre au lit. On frappa à la porte. Comme elle n'était pas fermée à clef, Holly cria : «Entrez !» Entra donc Mme Sapphia Spanella, flanquée d'un couple de policiers en civil dont l'un était une dame avec d'épaisses tresses jaunes qui lui ceignaient la tête.

«*La voilà*, la femme qu'on recherche ! tonna Mme Spanella, envahissant la salle de bains et brandissant un doigt d'abord sur Holly, ensuite sur ma nudité. Regardez-moi ça, quelle putain ! » Le policier mâle parut embarrassé, par Mme Spanella et par la situation.

but a harsh enjoyment tensed the face of his companion — she plumped a hand on Holly's shoulder and, in a surprising baby-child voice, said : "Come along, sister. You're going places." Where upon Holly coolly told her : "Get them cotton-pickin' hands off of me, you dreary, driveling old bull-dyke." Which rather enraged the lady : she slapped Holly damned hard. So hard, her head twisted on ther neck, and the bottle of liniment, flung from her hand, smithereened on the tile floor — where I, scampering out of the tub to enrich the fray, stepped on it and all but severed both big toes. Nude and bleeding a path of bloody footprints, I followed the action as far as the hall. "Don't forget," Holly managed to instruct me as the detectives propelled her down the stairs, "please feed the cat."

Of course I believed Madame Spanella to blame : she'd several times called the authorities to complain about Holly. It didn't occur to me the affair could have dire dimensions until that evening when Joe Bell showed up flourishing the newspapers. He was too agitated to speak sensibly; he caroused the room hitting his fists together while I read the accounts.

Then he said : "You think it's so? She was mixed up in this lousy business?"

"Well, yes."

228

Mais une joie sauvage tendit les traits de son aco-
lyte — elle plaqua une main sur l'épaule de Holly
et, d'une surprenante voix de bébé, déclara :
« Allez, amène-toi, ma petite, tu vas voir du pays. »
Sur quoi Holly lui dit d'un ton glacial : « Ne me
touchez pas avec vos sales pattes de plouc, espèce
de vieille gouine radoteuse. » Ce qui mit la dame
en rage : elle gifla Holly brutalement, si brutalement qu'elle lui fit pivoter la tête et que la bouteille de liniment, lui volant de la main, alla se
fracasser sur le carrelage où, m'extrayant de la
baignoire pour rehausser la mêlée, je marchai
dessus et manquai me trancher les deux gros
orteils. Nu et laissant une trace d'empreintes san-
glantes, je suivis l'altercation jusque sur le palier.
« N'oublie pas, réussit à me recommander Holly
tandis que les policiers la propulsaient dans l'escalier, nourris le chat, s'il te plaît. »

Bien entendu, je jugeai Mme Spanella responsable de l'incident : elle avait plusieurs fois appelé
la police pour se plaindre de Holly. Il ne me vint
pas à l'esprit que l'affaire pouvait prendre de tragiques proportions, jusqu'à cette soirée où Joe
Bell surgit chez moi brandissant les journaux. Il
était trop agité pour parler raisonnablement ; il
se mit à arpenter la pièce en se frappant les
poings pendant que je lisais les comptes rendus.
Puis il demanda : « Vous croyez que c'est vrai ?
Qu'elle était mêlée à ce trafic dégueulasse ?
— Ma foi, oui. »

He popped a Tums in his mouth and, glaring at me, chewed it as though he were crunching my bones. "Boy, that's rotten. And you meant to be her friend. What a bastard!"

"Just a minute. I didn't say she was involved *knowingly*. She wasn't. But there, she did do it. Carry messages and whatnot —"

He said : "Take it pretty calm, don't you? Jesus, she could get ten years. More." He yanked the papers away from me. "You know her friends. These rich fellows. Come down to the bar, we'll start phoning. Our girl's going to need fancier shysters than I can afford."

I was too sore and shaky to dress myself; Joe Bell had to help. Back at his bar he propped me in the telephone booth with a triple martini and a brandy tumbler full of coins. But I couldn't think who to contact. José was in Washington, and I had no notion where to reach him there. Rusty Trawler? Not that bastard! Only : what other friends of hers did I know? Perhaps she'd been right when she'd said she had none, not really.

I put through a call to Crestview 5-6958 in Beverly Hills, the number long-distance information gave me for O. J. Berman.

Il se projeta une pastille dans la bouche et, me foudroyant du regard, la mâchonna comme s'il me broyait les os : « Bon Dieu, c'est débectant. Et vous prétendiez être son ami. Quel salaud !

— Une minute. Je n'ai pas dit qu'elle y était mêlée en le *sachant*. Elle ne savait pas. Mais enfin, elle l'a fait. Porter des messages et Dieu sait quoi…

— Vous prenez ça plutôt sans vous biler, non ? Bon sang, mais elle pourrait récolter dix ans. Ou plus. » Il m'arracha les journaux des mains. « Vous connaissez ses amis. Ces mecs pleins aux as. Allez, venez au bar et on donnera des coups de fil. Notre mignonne va avoir besoin de bavards plus fortiches que ceux que je pourrais m'offrir. »

J'étais trop endolori et perturbé pour m'habiller tout seul. Joe Bell dut m'aider. Revenu à son bar, il me cala dans la cabine téléphonique avec un triple martini et un verre à cognac plein de jetons. Mais je ne savais pas trop qui appeler. José était à Washington et je n'avais aucune idée de l'endroit où le joindre. Rusty Trawler ? Non, pas ce salaud ! Seulement, quels autres de ses amis connaissais-je ? Peut-être avait-elle raison quand elle m'avait dit qu'elle n'en avait aucun véritablement.

J'appelai Crestview 5-6958 à Beverly Hills, numéro sur l'inter qu'on m'avait donné aux renseignements comme étant celui de O. J. Berman.

The person who answered said Mr. Berman was having a massage and couldn't be disturbed: sorry, try later. Joe Bell was incensed — told me I should have said it was a life and death matter; and he insisted on my trying Rusty. First, I spoke to Mr. Trawler's butler — Mr. and Mrs. Trawler, he announced, were at dinner and might he take a message? Joe Bell shouted into the receiver: "This is urgent, mister. Life and death." The outcome was that I found myself talking — listening, rather — to the former Mag Wildwood: "Are you starkers?" she demanded. "My husband and I will positively *sue* anyone who attempts to connect our names with that ro-ro-ro*vol*ting and de-de-de*gen*erate girl. I always *knew* she was a hop-hop-head with no more morals than a hound-bitch in heat. Prison is where she belongs. And my husband agrees one thousand percent. We will positively *sue* anyone who —" Hanging up, I remembered old Doc down in Tulip, Texas; but no, Holly wouldn't like it if I called him, she'd kill me good.

I rang California again; the circuits were busy, stayed busy, and by the time O. J. Berman was on the line I'd emptied so many martinis he had to tell me why I was phoning him: "About the kid, is it? I know already. I spoke already to Iggy Fitelstein.

La personne qui me répondit m'annonça que M. Berman était sur la table de massage et qu'on ne pouvait pas le déranger. Désolé, rappelez plus tard. Joe Bell, furieux, me dit que je n'avais qu'à déclarer que c'était une question de vie ou de mort, et il insista pour que j'essaie de prévenir Rusty. Tout d'abord, je parlai au maître d'hôtel de M. Trawler. M. et Mme Trawler, m'apprit-il, étaient à table — pouvait-il transmettre un message? Joe Bell vociféra dans le récepteur : «C'est urgent, figurez-vous. Question de vie ou de mort.» Résultat, je me retrouvai en train de parler à — d'écouter, plutôt — l'ex-Mag Wildwood. «Vous êtes dingues? s'écria-t-elle. Mon mari et moi poursuivrons sans hésiter quiconque tentera de relier nos noms à celui de cette créature ré… ré… révoltante et dé… dégé… générée. J'ai toujours su que c'était une camée sans plus de moralité qu'une chienne en chaleur. La prison, voilà ce qu'elle mérite. Et mon mari est d'accord à cent pour cent. Nous poursuivrons sans hésiter…» En raccrochant, je me souvins du vieux Doc, là-bas à Tulip, Texas; mais non, Holly n'aimerait pas que je l'appelle; elle me tuerait pour de bon.

Je rappelai la Californie. La ligne était occupée et persistait à le rester, et quand j'eus O. J. Berman au bout du fil, j'avais vidé tellement de martinis qu'il dut me dire pourquoi je lui téléphonais : «C'est pour la petite, hein? Je suis déjà au courant. J'ai parlé à Iggy Fitelstein.

233

Iggy's the best shingle in New York. I said Iggy you take care of it, send me the bill, only keep my name anonymous, see. Well, I owe the kid something. Not that I owe her *any*thing, you want to come down to it. She's crazy. A phony. But a *real* phony, you know? Anyway, they only got her in ten thousand bail. Don't worry, Iggy'll spring her tonight — it wouldn't surprise me she's home already."

But she wasn't; nor had she returned the next morning when I went down to feed her cat. Having no key to the apartment, I used the fire escape and gained entrance through a window. The cat was in the bedroom, and he was not alone: a man was there, crouching over a suitcase. The two of us, each thinking the other a burglar, exchanged uncomfortable stares as I stepped through the window. He had a pretty face, lacquered hair, he resembled José; moreover, the suitcase he'd been packing contained the wardrobe José kept at Holly's, the shoes and suits she fussed over, was always carting to menders and cleaners. And I said, certain it was so. "Did Mr. Ybarra-Jaegar send you?"

234

Iggy est le meilleur avocat de New York. J'ai dit à Iggy : prends l'affaire en main, envoie-moi la note mais ne cite pas mon nom, tu piges? Après tout, je lui dois quelque chose, à cette môme. Non pas que je lui doive *vraiment* une chose précise, si vous voulez savoir. Elle est cinglée. C'est une frimeuse. Mais une *vraie* frimeuse, vous comprenez. De toute façon, ils n'ont fixé la caution qu'à dix mille dollars. Vous en faites pas. Iggy va la tirer de là ce soir — ça m'étonnerait pas qu'elle soit déjà chez elle. »

Mais elle n'y était pas. Pas plus qu'elle n'était rentrée le lendemain matin quand j'allai nourrir son chat. N'ayant pas la clef de l'appartement, je pris l'escalier de secours et m'introduisis chez elle par une fenêtre. Le chat était dans la chambre et il n'était pas seul : un homme se trouvait là, accroupi devant une valise. L'un et l'autre nous prenant mutuellement pour des cambrioleurs échangeâmes des regards sans aménité tandis que j'enjambais l'appui de la fenêtre. Il avait un joli visage, les cheveux lustrés et il ressemblait à José. De plus, la valise qu'il était en train de remplir contenait la garde-robe que José conservait chez Holly, les souliers et les complets dont elle faisait tant de cas, qu'elle portait constamment chez le stoppeur ou le teinturier. Et je demandai, certain de ne pas me tromper : « C'est M. Ybarra-Jaegar qui vous envoie?

"I am the cousin," he said with a wary grin and just-penetrable accent.

"Where is José?"

He repeated the question, as though translating it into another language. "Ah, *where* she is! She is waiting," he said and, seeming to dismiss me, resumed his valet activities.

So: the diplomat was planning a powder. Well, I wasn't amazed; or in the slightest sorry. Still, what a heartbreaking stunt: "He ought to be horsewhipped."

The cousin giggled, I'm sure he understood me. He shut the suitcase and produced a letter. "My cousin, she ask me leave that for his chum. You will oblige?"

On the envelope was scribbled: *For Miss H. Golightly — Courtesy Bearer.*

I sat down on Holly's bed, and hugged Holly's cat to me, and felt as badly for Holly, every iota, as she could feel for herself.

"Yes, I will oblige."

And I did: without the least wanting to. But I hadn't the courage to destroy the letter; or the will power to keep it in my pocket when Holly very tentatively inquired if, if by any chance, I'd had news of José. It was two mornings later; I was sitting by her bedside in a room that reeked of iodine and bedpans, a hospital room. She had been there since the night of her arrest.

236

— Je suis son cousin, dit-il avec un sourire las et un accent à couper au couteau.

— Où est José ? »

Il répéta la question comme s'il la traduisait dans une autre langue : « Ah, *où* elle est ! Elle attend », dit-il, et, semblant me rayer de son esprit, il reprit ses activités domestiques.

Donc : le diplomate projetait de mettre les voiles. Après tout, ça ne m'étonnait pas et ça ne m'inquiétait nullement. Tout de même, quelle consternante histoire. « Il mériterait d'être cravaché. »

Le cousin gloussa de rire. Je suis sûr qu'il me comprenait. Il ferma la valise et exhiba une lettre : « Mon cousin, elle me demande de laisser ça pour son copain. Vous aurez l'obligeance… ? »

Sur l'enveloppe était griffonné : *Pour Mlle Golightly — Aux bons soins du porteur.*

Je m'assis sur le lit, serrai contre moi le chat de Holly et me sentis aussi navré pour Holly, à la lettre, qu'elle-même pût l'être.

« Oui, j'aurai l'obligeance. »

Et je l'eus, sans en éprouver la moindre envie. Mais je n'eus pas le courage de détruire la lettre ; ou la volonté de la garder dans ma poche quand Holly, très timidement, me demanda si, par hasard, j'avais des nouvelles de José. C'était deux matinées plus tard. J'étais assis à son chevet dans une chambre qui empestait l'iode et les fonds de bassin, une chambre d'hôpital. Elle était là depuis la nuit de son arrestation.

"Well, darling," she'd greeted me, as I tiptoed toward her carrying a carton of Picayune cigarettes and a wheel of new-autumn violets, "I lost the heir." She looked not quite twelve years: her pale vanilla hair brushed back, her eyes, for once minus their dark glasses, clear as rain water — one couldn't believe how ill she'd been.

Yet it was true: "Christ, I nearly cooled. No fooling, the fat woman almost had me. She was yakking up a storm. I guess I couldn't have told you about the fat woman. Since I didn't know about her myself until my brother died. Right away I was wondering where he'd gone, what it meant, Fred's dying; and then I saw her, she was there in the room with me, and she had Fred cradled in her arms, a fat mean red bitch rocking in a rocking chair with Fred on her lap and laughing like a brass band. The mockery of it! But it's all that's ahead for us, my friend: this comedienne waiting to give you the old razz. Now do you see why I went crazy and broke everything?"

Except for the lawyer O.J. Berman had hired, I was the only visitor she had been allowed.

« Eh bien, mon chou, m'accueillit-elle, tandis que je m'approchais d'elle sur la pointe des pieds avec un carton de cigarettes Picayune et une touffe des premières violettes d'automne. J'ai perdu l'héritier. » Elle paraissait à peine douze ans. Sa pâle chevelure vanille brossée en arrière, ses yeux, pour une fois débarrassés de leurs lunettes noires, clairs comme de l'eau de pluie — on n'aurait pu se figurer à quel point elle avait été malade.

Pourtant, c'était vrai. « Bon sang, j'ai failli y rester. Sans blague, la grosse dame m'a manqué de peu. Elle jacassait comme une perdue. J'aurais sans doute pas pu te parler de la grosse dame puisque je ne savais rien d'elle jusqu'à la mort de mon frère. Je me suis tout de suite demandé où il était passé, ce que ça voulait dire, la mort de Fred. Et puis, je l'ai vue. Elle était là, dans la chambre avec moi, et elle tenait Fred au creux de ses bras, cette grosse poufiasse rougeaude qui se balançait dans un fauteuil avec Fred sur les genoux et qui tonitruait de rire. Grotesque ! Mais c'est tout ce qui nous attend, mon ami. Cette comique qui attend de nous mettre en boîte. Maintenant, tu comprends pourquoi je suis devenue folle et que j'ai tout cassé ? »

À l'exception de l'avocat engagé par O. J. Berman, j'étais le seul visiteur qu'on lui avait permis de voir.

Her room was shared by other patients, a trio of triplet-like ladies who, examining me with an interest not unkind but total, speculated in whispered Italian. Holly explained that: "They think you're my down-fall, darling. The fellow what done me wrong"; and, to a suggestion that she set them straight, replied: "I can't. They don't speak English. Anyway, I wouldn't dream of spoiling their fun." It was then that she asked about José.

The instant she saw the letter she squinted her eyes and bent her lips in a tough tiny smile that advanced her age immeasurably. "Darling," she instructed me, "would you reach in the drawer there and give me my purse. A girl doesn't read this sort of thing without her lipstick."

Guided by a compact mirror, she powdered, painted every vestige of twelve-year-old out of her face. She shaped her lips with one tube, colored her cheeks from another. She penciled the rims of her eyes, blued the lids, sprinkled her neck with 4711; attached pearls to her ears and donned her dark glasses;

Elle partageait sa chambre avec d'autres patientes, un trio de dames telles des triplées qui, m'examinant avec un intérêt sans malveillance, mais intense, chuchotaient avec animation en italien. Holly m'expliqua : «Elles se figurent que tu es mon mauvais génie. Le type qui m'a démolie»; et, à ma suggestion qu'elle les détrompât, elle rétorqua : «Je ne peux pas. Elles ne parlent pas anglais. De toute façon, je ne voudrais surtout pas leur gâcher leur plaisir.» Ce fut alors qu'elle m'interrogea au sujet de José.

À l'instant où elle vit la lettre, elle plissa les yeux et étira les lèvres en un petit sourire dur qui la vieillit d'une façon incommensurable. «Mon chou, me dit-elle, peux-tu prendre mon sac dans le tiroir? Une fille ne lit pas ce genre de message sans rouge à lèvres.»

À l'aide du miroir de son poudrier, elle se poudra, effaça à grand renfort de fard les derniers vestiges de ses douze ans sur son visage. Elle se redessina les lèvres avec un tube, se colora les joues avec un autre. Elle se passa au crayon le bord des yeux, se bleuit les paupières, s'aspergea le cou de 4711[1], attacha des perles à ses oreilles et remit ses lunettes noires;

1. Eau de Cologne allemande.

thus armored, and after a displeased appraisal of her manicure's shabby condition, she ripped open the letter and let her eyes race through it while her stony small smile grew smaller and harder. Eventually she asked for a Picayune. Took a puff: "Tastes bum. But divine," she said and, tossing me the letter: "Maybe this will come in handy — if you ever write a rat-romance. Don't be hoggy: read it aloud. I'd like to hear it myself."

It began: "My dearest little girl —"

Holly at once interrupted. She wanted to know what I thought of the handwriting. I thought nothing: a tight, highly legible, uneccentric script. "It's him to a T. Buttoned up and constipated," she declared. "Go on."

"My dearest little girl, I have loved you knowing you were not as others. But conceive of my despair upon discovering in such a brutal and public style how very different you are from the manner of woman a man of my faith and career could hope to make his wife. Verily I grief for the disgrace of your present circumstance, and do not find it in my heart to add my condemn to the condemn that surrounds you. So I hope you will find it in your heart not to condemn me. I have my family to protect, and my name, and I am a coward where those institutions enter.

242

ainsi parée, et après un coup d'œil désapprobateur à ses ongles négligés, elle déchira l'enveloppe et parcourut rapidement la lettre tandis que son âpre et mince sourire se faisait peu à peu plus dur et plus petit. Finalement, elle réclama une Picayune. Tira une bouffée. « Un goût infect. Mais divin », dit-elle et, me jetant la lettre : « Ça pourra peut-être te servir — si jamais tu veux décrire les amours d'un minable. Sois pas chien. Lis à haute voix. J'aimerais l'entendre moi-même. »

Cela commençait par : « Ma très chère petite fille... »

Holly m'interrompit aussitôt. Elle voulait savoir ce que je pensais de l'écriture. Je n'en pensais rien : raide, parfaitement lisible, banale. « C'est lui tout craché. Coincé et constipé, déclara-t-elle. Continue.

— « Ma très chère petite fille. Je t'ai aimée, sachant que tu n'étais pas comme les autres. Mais conçois mon désespoir en découvrant d'une façon aussi brutale et publique à quel point tu es différente du genre de femme qu'un homme de ma religion et de ma condition pourrait avoir l'espoir d'épouser. Sincèrement, je compatis à la honte que te vaut la situation présente et refuse de puiser dans mon cœur une condamnation qui s'ajouterait à celle qui t'accable déjà. J'espère donc que tu puiseras, toi, dans ton cœur la force de ne pas me condamner. J'ai ma famille à protéger, et mon nom, et vis-à-vis de ces institutions, je suis lâche.

Forget me, beautiful child. I am no longer here. I am gone home. But may God always be with you and your child. May God be not the same as — José."

"Well?"

"In a way it seems quite honest. And even touching."

"*Touching?* That square-ball jazz!"

"But after all, he *says* he's a coward; and from his point of view, you must see —"

Holly, however, did not want to admit that she saw; yet her face, despite its cosmetic disguise, confessed it. "All right, he's not a rat without reason. A super-sized, King Kong-type rat like Rusty. Benny Shacklett. But oh gee, golly goddamn," she said, jamming a fist into her mouth like a bawling baby, "I *did* love him. The rat."

The Italian trio imagined a lover's *crise* and, placing the blame for Holly's groanings where they felt it belonged, tut-tutted their tongues at me. I was flattered : proud that anyone should think Holly cared for me. She quieted when I offered her another cigarette. She swallowed and said : "Bless you, Buster. And bless you for being such a bad jockey. If I hadn't had to play Calamity Jane I'd still be looking forward to the grub in a unwed mama's home. Strenuous exercise, that's what did the trick.

Oublie-moi, ma belle enfant, je ne suis plus ici. Je rentre chez moi, mais que, toujours, Dieu vous accompagne, toi et ton enfant. Puisse-t-il ne pas être le même que — José. »

— Alors ?

— En un sens, il paraît sincère. Et même touchant.

— *Touchant* ? Ce faux-jeton !

— Mais après tout, il *dit* qu'il est lâche ; et de son point de vue, tu dois voir… »

Holly, cependant, refusait d'admettre qu'elle voyait : mais son visage, en dépit de son masque de fard, le reconnaissait. « Très bien, ce n'est pas un salaud sans raison. Un salaud de première grandeur du genre King-Kong comme Rusty. Benny Shacklett. Mais, nom de Dieu, merde, dit-elle en s'enfonçant un poing dans la bouche comme un bébé qui braille. Je l'aimais, ce salaud. »

Le trio italien imagina une scène de ménage et, rejetant le blâme, pour les plaintes de Holly, sur celui qu'elles en jugeaient responsable, me bombardèrent à coups de tt, tt, tt… Je me sentis flatté : fier que quiconque pût penser que Holly se souciait de moi. Elle se calma lorsque je lui offris une autre cigarette. Elle avala la fumée et dit : « Grand merci, Toto. Et merci d'être aussi mauvais cavalier. Si je n'avais pas dû jouer les Calamity Jane, je serais encore à la recherche de ma pitance dans un foyer de filles-mères. Un excès d'exercice et le tour était joué.

But I've scared *la merde* out of the whole badge-department by saying it was because Miss Dyke-roo slapped me. Yessir, I can sue them on several counts, including false arrest."

Until then, we'd skirted mention of her more sinister tribulations, and this jesting reference to them seemed appalling, pathetic, so definitely did it reveal how incapable she was of recognizing the bleak realities before her. "Now, Holly," I said, thinking: be strong, mature, an uncle. "Now, Holly. We can't treat it as a joke. We have to make plans."

"You're too young to be stuffy. Too small. By the way, what business is it of yours?"

"None. Except you're my friend, and I'm worried. I mean to know what you intend doing."

She rubbed her nose, and concentrated on the ceiling. "Today's Wednesday, isn't it? So I suppose I'll sleep until Saturday, really get a good *schluffen*. Saturday morning I'll skip out to the bank. Then I'll stop by the apartment and pick up a nightgown or two and my Mainbocher. Following which, I'll report to Idlewild. Where, as you damn well know, I have a perfectly fine reservation on a perfectly fine plane.

Mais j'ai foutu une trouille de merde à toute la flicaille en disant que c'était parce que Miss Lagouine m'avait giflée. Parfaitement, je peux les poursuivre pour plusieurs raisons, y compris pour arrestation arbitraire.»

Jusque-là, nous avions évité de parler de ses plus sinistres tribulations et cette allusion narquoise qu'elle venait d'y faire semblait navrante, pathétique tant elle révélait son incapacité totale à reconnaître la sombre réalité qui l'attendait. «Voyons, Holly», dis-je en songeant : sois fort, adulte, un oncle. «Voyons, Holly. On ne peut pas prendre cette affaire à la plaisanterie. Il faut faire des plans.

— Tu es trop jeune pour jouer les censeurs. Et trop petit. Au fait, en quoi ça te regarde ?

— En rien. Sauf que tu es mon amie et que ça me tracasse. J'aimerais savoir quelles sont tes intentions.»

Elle se frotta le nez et s'absorba dans la contemplation du plafond. «On est mercredi aujourd'hui, non ? Alors, je pense que je vais dormir jusqu'à samedi, m'offrir un sérieux *schluffen*; samedi matin je ferai un saut à la banque. Ensuite, je passerai à l'appartement, je prendrai une chemise de nuit ou deux et ma robe Mainbocher[1]. Après quoi, je filerai à Idlewild. Où, comme tu le sais foutre bien, j'ai une réservation impeccable sur un avion impeccable.

---

1. Célèbre couturier français

And since you're such a friend I'll let you wave me off. *Please* stop shaking your head."

"Holly. Holly. You can't do that."

"*Et pourquoi pas?* I'm not hot-footing after José, if that's what you suppose. According to my census, he's strictly a citizen of Limboville. It's only: why should I waste a perfectly fine ticket? Already paid for? Besides, I've never been to Brazil."

"Just what kind of pills have they been feeding you here? Can't you realize, you're under a criminal indictment. If they catch you jumping bail, they'll throw away the key. Even if you get away with it, you'll never be able to come home."

"Well, so, tough titty. Anyway, home is where you feel at home. I'm still looking."

"No, Holly, it's stupid. You're innocent. You've got to stick it out."

She said, "Rah, team, rah," and blew smoke in my face. She was impressed, however; her eyes were dilated by unhappy visions, as were mine: iron rooms, steel corridors of gradually closing doors. "Oh, screw it," she said, and stabbed out her cigarette. "I have a fair chance they *won't* catch me. Provided *you* keep your *bouche fermez*. Look. Don't despise me darling."

Et puisque tu es un si bon ami, je te laisserai me faire tes adieux. *S'il te plaît*, arrête de secouer la tête.

— Holly, Holly, tu ne peux pas faire ça.

— *Et pourquoi pas*? Je ne cavale pas derrière José, si c'est ça que tu imagines. Pour mon compte, il habite sur Mars. Seulement, pourquoi est-ce que j'irais perdre un billet impeccable? Et déjà payé? En plus, je ne suis jamais allée au Brésil.

— Qu'est-ce qu'on te fait avaler comme pilules, ici? Tu ne te rends vraiment pas compte que tu es sous le coup d'une inculpation? Si tu leur files entre les pattes et que tu te fais prendre, tu te feras boucler. Et même si tu t'en tires, tu ne pourras plus jamais rentrer chez toi.

— Très bien. C'est vachard. De toute façon, chez moi, c'est là où je me sens chez moi.

— Non, Holly, c'est idiot. Tu es innocente. Tu dois tenir le coup.

Elle dit: «Allez, les gars, du nerf!» et me souffla un nuage de fumée à la figure. Tout de même, elle était impressionnée; ses yeux étaient dilatés par de sinistres visions, comme les miens: cellules d'acier, couloirs aux parois de métal sur lesquels se ferment successivement des portes. «Oh! et puis, merde, dit-elle en écrasant son mégot. J'ai une bonne chance de ne pas être rattrapée. Pourvu que tu gardes la *bouche fermez*. Écoute, ne me méprise pas, mon chou.»

She put her hand over mine and pressed it with sudden immense sincerity. "I haven't much choice. I talked it over with the lawyer: oh, I didn't tell *him* anything *re* Rio — he'd tip the badgers himself, rather than lose his fee, to say nothing of the nickels O. J. put up for bail. Bless O. J.'s heart; but once on the coast I helped him win more than ten thou in a single poker hand: we're square. No, here's the real shake: all the badgers want from me is a couple of free grabs and my services as a state's witness against Sally — nobody has any intention of prosecuting me, they haven't a ghost of a case. Well, I may be rotten to the core, Maude, *but*: testify against a friend I will not. Not if they can prove he doped Sister Kenny. My yard-stick is how somebody treats me, and old Sally, all right he wasn't absolutely white with me, say he took a slight advantage, just the same Sally's an okay shooter, and I'd let the fat woman snatch me sooner than help the law-boys pin him down." Tilting her compact mirror above her face, smoothing her lipstick with a crooked pinkie, she said: "And to be honest, that isn't all. Certain shades of limelight wreck a girl's complexion.

Elle posa une main sur la mienne et la pressa avec une immense sincérité soudaine. «Je n'ai guère le choix. J'en ai discuté avec l'avocat. Oh, je ne lui ai rien dit sur Rio — il rencarderait les flics lui-même plutôt que de perdre ses honoraires, sans parler du pognon que O. J. a raqué pour la caution. Très cher O. J.; mais, sur la côte, une fois, je l'ai aidé à gagner plus de dix sacs sur un seul coup de poker. On est quitte. Non mais voilà le vrai pépin. Tout ce que les flics attendent de moi, c'est deux agrafages en douceur et mes services comme témoin contre Sally — personne n'a l'intention de me poursuivre, ils n'ont pas l'ombre d'une preuve. Bon, je suis peut-être pourrie jusqu'aux moelles, ratapoil, *mais* témoigner contre un ami, pas question. Même s'ils peuvent prouver qu'il a drogué Sister Kenny[1]. Ma règle, ça repose sur la façon dont on me traite, et le vieux Sally, bon, d'accord, il n'était pas blanc-bleu avec moi, disons qu'il m'a un peu exploitée, n'empêche que c'est un type réglo et je laisserai plutôt la grosse dame m'empoigner plutôt que d'aider les poulets à l'agrafer.» Basculant son miroir au-dessus de son visage, elle lissa son rouge à lèvres d'un petit doigt recourbé et déclara : «Et puis, entre nous, c'est pas tout. Certains feux de la rampe vous fichent en l'air un teint de jeune fille.

1. Infirmière australienne célèbre pour son traitement de la paralysie infantile.

Even if a jury gave me the Purple Heart, this neighborhood holds no future : they'd still have up every rope from LaRue to Perona's Bar and Grill — take my word, I'd be about as welcome as Mr Frank E. Campbell. And if you lived off my particular talents, Cookie, you'd understand the kind of bankruptcy I'm describing. Uh, uh, I don't just fancy a fade-out that finds me belly-bumping around Roseland with a pack of West Side hillbillies. While the excellent Madame Trawler sashays her twat in and out of Tiffany's. I couldn't take it. Give me the fat woman any day."

A nurse, soft-shoeing into the room, advised that visiting hours were over. Holly started to complain, and was curtailed by having a thermometer popped in her mouth. But as I took leave, she unstoppered herself to say : "Do me a favor, darling. Call up the *Times*, or whatever you call, and get a list of the fifty richest men in Brazil. I'm *not* kidding. The fifty richest : regardless of race or color. Another favor — poke around my apartment till you find that medal you gave me. The St. Christopher. I'll need it for the trip."

Même si un jury me donnait le Purple Heart [1], il n'y a pas d'avenir pour moi dans les parages. Ils tendraient des barrages de chez La Rue jusqu'au Bar and Grill Perona — tu peux me croire. J'y serais aussi bien reçue que M. Frank E. Campbell. Et si tu vivais de mes talents particuliers, mon lapin, tu comprendrais le genre de désastre dont je te parle. Cela dit, je n'imagine pas une dégringolade où je me retrouve faisant la danse du ventre au Bijou devant une poignée de culsterreux du West Side, pendant que l'excellente Mme Trawler entre et sort de chez Tiffany en ondulant du croupion. Je ne le supporterais pas. Plutôt la grosse dame à tous les coups. »

Une infirmière entra à pas légers dans la chambre et annonça que les heures de visite étaient finies. Holly commença à se plaindre et fut réduite au silence par un thermomètre glissé dans sa bouche. Mais comme je me préparais à partir, elle s'en débarrassa pour me dire : « Rends-moi un service, mon chou, appelle le *Times* ou qui tu voudras et fournis-moi la liste des cinquante hommes les plus riches du Brésil. Je ne plaisante *pas* ; les cinquante plus riches, peu importe la race ou la couleur. Un autre service : farfouille dans mon appartement jusqu'à ce que tu trouves cette médaille que tu m'as donnée. Le saint Christophe. J'en aurai besoin pour le voyage. »

1. Équivalent de la croix de guerre.

The sky was red Friday night, it thundered, and Saturday, departing day, the city swayed in a squall-like downpour. Sharks might have swum through the air, though it seemed improbable a plane could penetrate it.

But Holly, ignoring my cheerful conviction that her flight would not go, continued her preparations — placing, I must say, the chief burden of them on me. For she had decided it would be unwise of her to come near the brownstone. Quite rightly, too : it was under surveillance, whether by police or reporters or other interested parties one couldn't tell — simply a man, sometimes men, who hung around the stoop. So she'd gone from the hospital to a bank and straight then to Joe Bell's bar. "She don't figure she was followed," Joe Bell told me when he came whith a message that Holly wanted me to meet her there as soon as possible, a half-hour at most, bringing : "Her jewelry. Her guitar. Toothbrushes and stuff. And a bottle of hundred-year-old brandy : she says you'll find it hid down it the bottom of the dirty-clothes basket. Yeah, oh, and the cat. She wants the cat. But hell," he said, "I don't know we should help her at all. She ought to be protected against herself. Me, I feel like telling the cops.

Le ciel était rouge, le vendredi soir. Il tonnait, et le samedi, jour du départ, la ville vacillait sous des rafales de pluie. Des requins auraient pu nager en l'air, mais un avion ne se serait sans doute pas risqué à y pénétrer.

Mais Holly, ignorant mon allègre conviction que son vol serait suspendu, poursuivit ses préparatifs en me chargeant, je dois le dire, du fardeau principal de l'opération. Car elle avait décidé qu'il serait imprudent de sa part de s'approcher de son immeuble. À juste titre, d'ailleurs. Il était sous surveillance, soit de la police, soit des journalistes ou d'autres personnages intéressés non identifiables — simplement un homme, parfois plusieurs, qui rôdaient autour du perron. Elle s'était donc sauvée de l'hôpital pour aller à la banque et, de là, droit au bar de Joe Bell. « Elle croit qu'elle n'était pas filée », me dit Joe Bell quand il arriva avec un message de Holly disant qu'elle voulait me voir le plus tôt possible d'ici une demi-heure maximum, avec : « Ses bijoux, sa guitare, des brosses à dents, etc. Et une bouteille de cognac de cent ans d'âge ; elle dit que vous la trouverez planquée dans le fond d'une corbeille à linge sale. Ouais, oh ! et puis le chat. Elle veut le chat. Mais bon sang, ajouta-t-il, je me demande si on devrait l'aider. Il faudrait la protéger contre elle-même. Moi, j'ai bien envie de prévenir les flics.

Maybe if I go back and build her some drinks, maybe I can get her drunk enough to call it off."

Stumbling, skidding up and down the fire escape between Holly's apartment and mine, wind-blown and winded and wet to the bone (clawed to the bone as well, for the cat had not looked favorably upon evacuation, especially in such inclement weather) I managed a fast, first-rate job of assembling her going-away belongings. I even found the St. Christopher's medal. Everything was piled on the floor of my room, a poignant pyramid of brassières and dancing slippers and pretty things I packed in Holly's only suitcase. There was a mass left over that I had to put in paper grocery bags. I couldn't think how to carry the cat; until I thought of stuffing him in a pillowcase.

Never mind why, but once I walked from New Orleans to Nancy's Landing, Mississippi, just under five hundred miles. It was a light-hearted lark compared to the journey to Joe Bell's bar. The guitar filled with rain, rain softened the paper sacks, the sacks split and perfume spilled on the pavement, pearls rolled in the gutter: while the wind pushed and the cat scratched, the cat screamed — but worse, I was frightened, a coward to equal José :

Peut-être que si je retourne là-bas et que je lui concocte des verres, je réussirai à la saouler assez pour qu'elle laisse tomber. »

Trébuchant, glissant à la montée et à la descente de l'escalier de secours entre l'appartement de Holly et le mien, chahuté par le vent, trempé jusqu'aux os (et griffé de même, car le chat ne considérait pas d'un bon œil son évacuation, surtout par un temps aussi affreux), j'opérai un rapide et efficace rassemblement des affaires qu'elle avait réclamées. Je retrouvai même la médaille de saint Christophe. Tout était empilé sur le sol de ma chambre, poignante pyramide de soutiens-gorge, ballerines et autres jolies choses que j'empilai dans l'unique valise de Holly. Restait une masse de laissés-pour-compte que je dus caser dans des sacs en papier d'épicerie. Je ne voyais pas comment transporter le chat jusqu'à ce que me vînt l'idée de le fourrer dans une taie d'oreiller.

Peu importe pourquoi mais, un jour, j'avais marché de La Nouvelle-Orléans jusqu'à Nancy's Landing, Mississipi, pas loin de huit cents kilomètres. Ç'avait été une partie de plaisir comparé au voyage jusqu'au bar de Joe Bell. La guitare se remplit de pluie, la pluie détrempa les sacs en papier, les sacs crevèrent, le parfum se répandit sur le trottoir, des perles roulèrent dans le ruisseau ; le vent soufflait, le chat griffait, le chat hurlait mais, le pire, c'est que j'étais terrifié, aussi lâche que José.

257

those storming streets seemed aswarm with unseen presences waiting to trap, imprison me for aiding an outlaw.

The outlaw said: "You're late, Buster. Did you bring the brandy?"

And the cat, released, leaped and perched on her shoulder: his tail swung like a baton conducting rhapsodic music. Holly, too, seemed inhabited by melody, some bouncy *bon voyage* oompahpah. Uncorking the brandy, she said: "This was meant to be part of my hope chest. The idea was, every anniversary we'd have a swig. Thank Jesus I never bought the chest. Mr Bell, sir, three glasses."

"You'll only need two," he told her. "I won't drink to your foolishness."

The more she cajoled him ("Ah, Mr Bell. The lady doesn't vanish every day. Won't you toast her?"), the gruffer he was: "I'll have no part of it. If you're going to hell, you'll go on your own. With no further help from me."

Ces rues balayées par la tempête me semblaient grouiller de présences invisibles prêtes à me piéger, à me jeter en prison pour avoir aidé une hors-la-loi.

«Tu es en retard, Toto, me dit la hors-la-loi. As-tu apporté le cognac?»

Et le chat, libéré, fit un bond et se percha sur l'épaule de Holly; sa queue fouettait l'air comme une baguette dirigeant une rhapsodie. Holly elle-même semblait habitée par une mélodie, un motif allègre de flonflons de *bon voyage*. Débouchant la bouteille de cognac, elle déclara: «Elle était censée garnir mon coffre de mariage. L'idée, c'était qu'à chaque anniversaire on en boirait une gorgée. Dieu merci, je n'ai jamais acheté le coffre. Mon cher monsieur Bell, trois verres.

— Vous n'en aurez besoin que de deux, lui dit-il. Je refuse de trinquer à votre sottise.»

Plus elle le cajolait («Ah, monsieur Bell, une femme ne disparaît pas tous les jours[1], vous ne voulez pas boire à sa santé?»), plus il était bourru: «Je ne veux pas me mêler de ça. Si vous cherchez des ennuis, vous le ferez sans moi. Et sans que je bouge le petit doigt pour vous.»

1. Allusion au film de Hitchcock *The Lady Vanishes* (1938).

An inaccurate statement : because seconds after he'd made it a chauffeured limousine drew up outside the bar, and Holly, the first to notice it, put down her brandy, arched her eyebrows, as though she expected to see the District Attorney himself alight. So did I. And when I saw Joe Bell blush, I had to think : by God, he *did* call the police. But then, with burning ears, he announced : "It's nothing. One of them Carey Cadillacs. I hired it. To take you to the airport."

He turned his back on us to fiddle with one of his flower arrangements. Holly said : "Kind, dear Mr Bell. Look at me, sir."

He wouldn't. He wrenched the flowers from the vase and trust them at her ; they missed their mark, scattered on the floor. "Good-bye," he said ; and, as though he were going to vomit, scurried to the men's room. We heard the door lock.

The Carey chauffeur was a worldly specimen who accepted our slapdash luggage most civilly and remained rock-faced when, as the limousine swished uptown through a lessening rain, Holly stripped off her clothes, the riding costume she'd never had a chance to substitute, and struggled into a slim black dress. We didn't talk : talk could have only led to argument ; and also, Holly seemed too preoccupied for conversation.

Déclaration inexacte car quelques instants plus tard, une limousine avec chauffeur vint s'arrêter devant le bar, et Holly, la première à la remarquer, posa son cognac, les sourcils haussés comme si elle s'attendait à voir le District Attorney en personne en descendre. Je fis de même. Et quand je vis Joe Bell rougir, je ne pus m'empêcher de penser : bon Dieu, il a appelé la police. Mais il annonça alors, les oreilles empourprées : « Ce n'est rien. Une de ces Cadillac de chez Carey. Je l'ai louée. Pour vous conduire à l'aéroport. »

Il nous tourna le dos pour s'affairer avec une de ses décorations florales. « Ce si gentil, ce cher M. Bell. Regardez-moi un peu. »

Il refusa. Arrachant les fleurs du vase, il les lui lança ; elles manquèrent leur but et s'éparpillèrent sur le sol : « Adieu », dit-il et, comme s'il était prêt à vomir, il fila vers les toilettes des hommes. Nous entendîmes se fermer le verrou.

Le chauffeur de Carey était un spécimen à la coule qui accepta nos bagages en vrac fort civilement et resta de marbre quand, alors que la limousine glissait sans bruit vers le nord sous une pluie raréfiée, Holly ôta ses vêtements, cette tenue de cheval qu'elle n'avait jamais eu l'occasion de changer pour se couler dans une étroite robe noire. Nous évitions de parler ; parler n'aurait conduit qu'à des chamailleries ; en plus, Holly semblait trop préoccupée pour converser.

She hummed to herself, swigged brandy, she leaned constantly forward to peer out the windows,
as if she were hunting an address — or, I decided, taking a last impression of a scene she wanted to remember. It was neither of these. But
this: "Stop here,", she ordered the driver, and
we pulled to the curb of a street in Spanish Harlem. A savage, a garish, a moody neighborhood
garlanded with poster-portraits of movie stars
and Madonnas. Sidewalk litterings of fruit-rind
and rotted newspaper were hurled about by the
wind, for the wind still boomed, though the rain
had hushed and there were bursts of blue in
the sky.

Holly stepped out of the car; she took the cat
with her. Cradling him, she scratched his head
and asked. "What do you think? This ought to
be the right kind of place for a tough guy like
you. Garbage cans. Rats galore. Plenty of cat-
bums to gang around with. So scram," she said,
dropping him; and when he did not move away,
instead raised his thug-face and questioned her
with yellowish pirate-eyes, she stamped her foot:
"I said beat it!" He rubbed against her leg. "I
said fuck off!" she shouted, then jumped back in
the car, slammed the door, and: "Go," she told
the driver. "Go. Go."

Elle chantonnait pour elle-même, sifflait du cognac, restait constamment penchée en avant pour regarder à travers les glaces, comme si elle était en quête d'une adresse — ou, décidai-je, essayait d'enregistrer la dernière impression d'une scène qu'elle voulait se rappeler. Ce n'était ni l'un ni l'autre. Mais ceci : « Arrêtez ici », ordonna-t-elle au chauffeur, et nous nous garâmes le long du trottoir d'une rue du secteur espagnol de Harlem. Un quartier sauvage, criard, maussade, enguirlandé de posters de stars de cinéma et de madones. Sur les trottoirs, des pelures de fruits, des lambeaux de journaux voltigeaient au vent, car le vent sifflait toujours bien que la pluie se fût tarie et qu'il y eût des déchirures de bleu dans le ciel.

Holly descendit de la voiture ; elle avait pris le chat avec elle. Le tenant contre son cœur, elle lui gratta la tête et lui demanda : « Qu'est-ce que tu en penses ? Ça devrait être un endroit parfait ici, pour un gars coriace comme toi. Des poubelles. Des rats en pagaille. Des tas de copains greffiers pour se mettre en bande. Alors, file », dit-elle en le laissant tomber ; et comme il ne bougeait pas et levait au contraire vers elle son mufle en l'interrogeant de son regard jaunâtre de pirate, elle frappa du pied : « J'ai dit : barre-toi ! » Il se frotta contre sa jambe. « Fous le camp, j'ai dit ! » cria-t-elle, puis elle sauta au fond de la voiture, claqua la portière et : « Roulez, dit-elle au chauffeur. Allez, roulez ! »

I was stunned. "Well, you *are*. You *are* a bitch."

We'd traveled a block before she replied. "I told you. We just met by the river one day : that's all. Independents, both of us. We never made each other any promises. We never —" she said, and her voice collapsed, a tic, an invalid whiteness seized her face. The car had paused for a traffic light. Then she had the door open, she was running down the street; and I ran after her.

But the cat was not at the corner where he'd been left. There was no one, nothing on the street except a urinating drunk and two Negro nuns herding a file of sweet-singing children. Other children emerged from doorways and ladies leaned over their window sills to watch as Holly darted up and down the block, ran back and forth chanting : "You. Cat. Where are you? Here, cat." She kept it up until a bumpy-skinned boy came forward dangling an old tom by the scruff of its neck : "You wants a nice kitty, miss? Gimme a dollar."

The limousine had followed us. Now Holly let me steer her toward it. At the door, she hesitated; she looked past me, past the boy still offering his cat ("Halfa dollar. Two-bits, maybe? Two-bits, it ain't much"),

J'étais suffoqué : «Ça, alors, tu... quelle *garce* tu fais. »

Nous franchîmes la longueur d'un bloc avant qu'elle répliquât : «Je te l'ai dit. Nous nous sommes rencontrés un jour près du fleuve, c'est tout. Indépendants, lui et moi. Nous ne nous sommes jamais fait de promesses. Jamais nous n'avons... », dit-elle, et sa voix flancha, un tic, une blancheur maladive envahirent son visage. La voiture venait de s'arrêter à un feu. Elle ouvrit la portière et se mit à remonter la rue en courant. Et moi, je courus à sa suite.

Mais le chat n'était plus au coin où il avait été abandonné. Il n'y avait personne, rien dans la rue sauf un ivrogne en train d'uriner et deux bonnes sœurs noires qui menaient une file d'enfants chantant à voix douce. D'autres enfants émergèrent sur des seuils d'immeubles et des dames se penchèrent à la fenêtre pour regarder Holly qui courait dans la rue de-çà, de-là, en psalmodiant : «Toi, le chat. Où es-tu? Viens, le chat. » Elle continua ainsi jusqu'à ce qu'un gosse boutonneux vînt vers elle en tenant par le cou un vieux matou : «Tu veux un gentil chaton, miss? Donne-moi un dollar. »

La limousine nous avait suivis. Cette fois, Holly me laissa l'entraîner vers la voiture. À la portière, elle hésita. Son regard se perdit au-delà de moi, au-delà du gamin qui offrait toujours son chat («Un demi-dollar, vingt-cinq cents, non? Vingt-cinq cents, c'est pas beaucoup »).

265

and she shuddered, she had to grip my arm to stand up: "Oh, Jesus God. We did belong to each other. He was mine."

Then I made her a promise, I said I'd come back and find her cat: "I'll take care of him, too. I promise."

She smiled: that cheerless new pinch of a smile. "But what about me?" she said, whispered, and shivered again. "I'm very scared, Buster. Yes, at last. Because it could go on forever. Not knowing what's yours until you've thrown it away. The mean reds, they're nothing. The fat woman, she nothing. This, though: my mouth's so dry, if my life depended on it I couldn't spit." She stepped in the car, sank in the seat. "Sorry, driver. Let's go."

TOMATO'S TOMATO MISSING. And: DRUG-CASE ACTRESS BELIEVED GANGLAND VICTIM. In due time, however, the press reported: FLEEING PLAYGIRL TRACED TO RIO. Apparently no attempt was made by American authorities to recover her, and soon the matter diminished to an occasional gossip-column mention: as a news story, it was revived only once: on Christmas Day, when Sally Tomato died of a heart attack at Sing Sing. Months went by, a winter of them, and not a word from Holly.

266

Elle frissonna et dut s'agripper à mon bras pour rester debout. «Oh, Seigneur Dieu. Nous appartenions l'un à l'autre. Il était à moi.»

Alors, je lui fis une promesse, je dis que je reviendrais et retrouverais son chat. «Et je m'occuperai de lui. Je te le promets.»

Elle sourit, de ce nouveau sourire pincé et sans joie. «Et moi? dit-elle, murmura-t-elle, et elle eut encore un frisson. J'ai très peur, Toto. Oui, enfin. Parce que ça pourrait durer éternellement. Ne pas savoir ce qui est à vous jusqu'à ce que vous l'ayez jeté. La boule, ça n'est rien. La grosse dame, rien. Mais ça, oui. J'ai la bouche si sèche que, même si ma vie en dépendait, je ne pourrais pas cracher.» Elle remonta dans la voiture, s'affala sur la banquette: «Mes excuses, chauffeur. Allons-y.»

LA NANA DE TOMATO DISPARUE. Et: L'ACTRICE IMPLIQUÉE POUR TRAFIC DE DROGUE VICTIME D'UN GANG? Peu après, toutefois, la presse rapportait: LA BEAUTÉ ENVOLÉE SIGNALÉE À RIO. Apparemment les autorités américaines ne firent aucune tentative pour la récupérer et, bientôt, l'affaire se réduisit à une allusion occasionnelle dans les colonnes de potins. Sur le plan de l'actualité, elle ne resurgit qu'une fois: le jour de Noël, quand Sally Tomato mourut d'une crise cardiaque à Sing Sing. Des mois passèrent, tout un hiver et pas un mot de Holly.

The owner of the brownstone sold her abandoned possessions, the white-satin bed, the tapestry, her precious Gothic chair; a new tenant acquired the apartment, his name was Quaintance Smith, and he entertained as many gentlemen callers of a noisy nature as Holly ever had — though in this instance Madame Spanella did not object, indeed she doted on the young man and supplied filet mignon whenever he had a black eye. But in the spring a postcard came: it was scribbled in pencil, and signed with a lipstick kiss: *Brazil was beastly but Buenos Aires the best. Not Tiffany's, but almost. Am joined at the hip with duhvine $enor. Love? Think so. Anyhoo am looking for somewhere to live ($enor has wife, 7 brats) and will let you know address when I know it myself. Mille tendresse.* But the address, if it ever existed, never was sent, which made me sad, there was so much I wanted to write her: that I'd *sold* two stories, had read where the Trawlers were countersuing for divorce, was moving out of the brownstone because it was haunted. But mostly, I wanted to tell about her cat. I had kept my promise; I had found him. It took weeks of after-work roaming through those Spanish Harlem streets, and there were many false alarms — flashes of tiger-striped fur that, upon inspection, were not him.

Le propriétaire de l'immeuble vendit les biens qu'elle avait abandonnés : le lit de satin blanc, la tapisserie, son précieux fauteuil gothique ; un nouveau locataire s'installa dans l'appartement, il s'appelait Quaintance Smith et il recevait autant de messieurs d'un naturel bruyant que l'avait jamais fait Holly — encore qu'à cet égard Mme Spanella n'émît pas d'objection. En vérité, elle s'était entichée du jeune homme et lui apportait un filet mignon chaque fois qu'il avait un œil au beurre noir. Mais au printemps me parvint une carte postale ; elle était griffonnée au crayon et signée d'un baiser au rouge à lèvres. *Le Brésil était infect mais Buenos Aires de première. Pas Tiffany, mais presque. Suis sœur siamoise d'un $eñor diiivin. L'amour ? Je crois. En tout cas, cherche un logement (le $eñor a femme et sept lardons) et te donnerai adresse dès que serai fixée. Mille tendresse.* Mais l'adresse, si jamais elle exista, ne me parvint jamais, ce qui m'attrista. J'avais tant de choses à lui écrire : que j'avais *vendu* deux nouvelles, lu que les Trawler s'intentaient des procès en divorce, que je quittais l'immeuble parce qu'il était hanté. Mais, surtout, je voulais lui parler du chat. J'avais tenu ma promesse ; je l'avais retrouvé. Cela m'avait pris des semaines d'errance dans les rues du Harlem espagnol après mes heures de travail et il y avait eu bien des fausses alarmes — apparitions de fourrures tigrées qui, après inspection, n'étaient pas lui.

269

But one day, one cold sunshiny Sunday winter afternoon, it was. Flanked by potted plants and framed by clean lace curtains, he was seated in the window of a warm-looking room : I wondered what his name was, for I was certain he had one now, certain he'd arrived somewhere he belonged. African hut or whatever, I hope Holly has, too.

Mais un jour, par un froid après-midi d'hiver ensoleillé, ce fut lui. Flanqué de plantes vertes en pot et encadré de rideaux de dentelle immaculés, il était assis à la fenêtre d'une pièce apparemment bien chauffée. Je me demandai quel était son nom car j'étais certain qu'il en avait un maintenant, certain qu'il était arrivé quelque part où il était chez lui. Case africaine ou tout autre toit, j'espère que Holly est arrivée, elle aussi.

Composition Interligne.
Impression Bussière Camedan Imprimeries
à Saint-Amand (Cher), le 12 août 2002.
Dépôt légal : août 2002.
1ᵉʳ dépôt légal : septembre 1998.
Numéro d'imprimeur : 023317/1.
ISBN 2-07-040388-2./Imprimé en France.

14899